T0279265

Los lagartos divinos

ENRIQUE JUNCOSA

Los lagartos divinos

Galaxia Gutenberg

Galaxia Gutenberg,
Premio TodosTusLibros al Mejor Proyecto Editorial, 2023,
otorgado por CEGAL (Confederación Española de Gremios
y Asociaciones de Libreros).

Publicado por
Galaxia Gutenberg, S.L.
Av. Diagonal, 361, 2.º 1.ª
08037-Barcelona
info@galaxiagutenberg.com
www.galaxiagutenberg.com

Primera edición: junio de 2024

© Enrique Juncosa, 2024
© Galaxia Gutenberg, S.L., 2024

Preimpresión: Gama, sl
Impresión y encuadernación: Romanyà-Valls
Sant Joan Baptista, 35, La Torre de Claramunt-Barcelona
Depósito legal: B 8765-2024
ISBN: 978-84-10107-52-6

The art of losing isn't hard to master;
so many things seem filled with the intent
to be lost that their loss is no disaster.

ELIZABETH BISHOP

Fritz y los lagartos divinos

1
Naumburg, Alemania, 1889

Es de importancia capital que se suprima el mundo verdadero.
Fritz mismo lo había escrito, pensó Elizabeth, permitiéndose
por primera vez algo parecido al sentido del humor. *Los hechos
no existen, sólo sus interpretaciones.* Aquello sí era de una claridad meridiana... Por fortuna aquí estaba ella. Nada ni nadie
iba a mermar su determinación. Ni el mismo Fritz podía ahora
humillarla, ignorarla o intentar desacreditarla... *En el peldaño
más alto del poder mora la embriaguez y el éxtasis*, y así, de forma exacta, se sentía ella, poseída por un afán de destrucción. La
cabeza le bullía, mientras tanto, con la memoria de sus frases.
No iba a dejar que se le escapara nada peligroso, o simplemente
ambiguo. No era la primera vez que intervenía... *Tan sólo se
actúa de un modo perfecto en la medida en que se actúa instinti-
vamente.* Pues eso, sin lugar a dudas otra vez, aunque los instintos de ambos resultasen ser instintos diferentes. Y también existían las máscaras y los secretos, las tragedias y sus orígenes...
    Elizabeth estaba sentada sobre la alfombra delante de la
chimenea, con sus largas faldas recogidas de forma poco decorosa, descalza, las mangas de su blusa arremangadas sin cuidado, y el moño descompuesto, con unos rizos rebeldes que le
caían, cada dos por tres, sobre el ojo izquierdo.
    La rodeaban montañas de papeles. Pliegos sueltos y dece-
nas de cuadernos italianos de distintos tamaños, repletos de

frases abigarradas, emborronados de tachaduras y comentarios. Lo iba revisando todo por última vez. Aquel material heterodoxo incluía algunas frases y fragmentos publicables, que iba poniendo a salvo para ordenarlos; muchos esbozos sin sentido y luego desechables; y toda esa brutal información nauseabunda a la que nadie nunca iba a acceder... No iba a permitirlo. El fuego no permitía la vuelta atrás.

Cuando Elizabeth había descubierto los diarios se había quedado perpleja. Estaba segura de que se trataba de escritos que ni su hermano hubiera imaginado ver impresos. Eso a pesar de que hubiera podido sentir lo que allí rememoraba como una señal de fortaleza. *El temor ante los sentidos, ante los deseos, ante las pasiones, cuando va tan lejos como para desaconsejar las mismas, es ya un síntoma de debilidad.*

En algunos lugares hablaba nada menos que del amor, puro delirio escatológico, para referirse a aquellas guarradas. *Toda moral, toda obediencia y acción no produce aquel sentimiento de poder y libertad que produce el amor. Por amor no se hace nada malo, se hace mucho más de lo que se haría por obediencia y virtud.* Aquel era el caso de su hermano, cuya voz continuaba siendo indómita y provocadora con el paso del tiempo. Su pensamiento era el epicentro de una gran revolución en la cultura alemana y europea... ¿Y ella? También actuaba por amor.

La naturaleza y la intensidad de la sexualidad de cada uno alcanza lo más hondo de su ser intelectual... Por supuesto, no es que no hubiese sospechado antes de la existencia de aquellas inclinaciones, dadas algunas de sus ideas y de sus amistades, como Paul Rée, aquel israelita degenerado, pero jamás había imaginado hasta dónde llegaba su vileza. ¡Y llegar a nombrarlo y a escribirlo con todo detalle! ¿No habría pensado su hermano que alguien podría leerlo algún día, tal y como lo estaba haciendo ella? Era tentador explicarlo todo como parte del proceso de la desintegración de su mente, pero su hermano estaba entonces lúcido, como demostraban sus abundantes escritos filosóficos redactados en aquellos mismos años. *Ecce Homo*, sin ir más lejos. Existía, además, convencimiento y deliberación, como aquel plan de un viaje a Túnez con Carl von Gersdorff, otro de sus amigos *dudosos*, a la ostentosa y deleznable búsqueda de una accesible laxitud moral.

Cuando vivieron juntos en Basilea, Fritz había sido meticuloso y ordenado, brillante y divertido, y entusiasta siempre pese a todo. Había tenido un futuro noble y prometedor en la universidad. Y fue parte del círculo de íntimos de los Wagner. Aquellos fueron unos años felices para todos. Ahora, y aunque la fama de su hermano crecía con una rapidez incendiaria, este había perdido el juicio, al igual que le pasó a su padre. Elizabeth se preguntaba qué habría pensado este, tan ortodoxo. *El cristianismo, aquella religión que ha logrado incluso ensuciar el instinto sexual*. Eso sí que era sucio y aberrante. *Necesitamos lo anormal*. ¿Hasta qué punto? Al menos todo había pasado lejos de casa y su hermano había tenido el buen juicio de ocultarse, viviendo en las buhardillas de las pensiones más baratas, y recibiendo su frecuente correspondencia en listas discretas de correo restante.

En aquel tiempo, Fritz les había escrito a ella y a su madre como si nada, hablando de sus paseos por los bosques y por las playas, aburriéndolas con minucias sobre sus achaques perpetuos, o encargándoles el envío de las salchichas alemanas que le gustaban tanto y echaba en falta. El cinismo de un embaucador. Jamás una pista sobre la inmundicia en la que moraba, o algo que retrospectivamente pudiera demostrar un vestigio de arrepentimiento.

Echó al fuego un nuevo fajo de papeles. Fritz, en aquel mismo momento, se puso a aullar como un animal salvaje, como si supiera lo que estaba pasando y protestara por ello. Sus aullidos retumbaban por toda la casa. Su habitación estaba en el primer piso, pero se le oía perfectamente desde abajo. Aullaba ahora cada vez con más frecuencia, y en cada ocasión, Elizabeth, que no llegaría nunca a acostumbrarse, sentía escalofríos y vértigos, adentrándose en los laberintos de la tristeza. Se quedó quieta y respiró hondo, tras poner su espalda recta, triste y apesadumbrada.

Le pidió a su madre, que contemplaba sus acciones desde un sillón en aquel mismo salón, que dejara de lloriquear y subiera para intentar calmarle. Su madre dejó la parafernalia que acompañaba sus labores de bordado en el suelo y salió de la habitación, apresurándose a cada paso. Iba vestida de negro, el color que le pareció más adecuado para presenciar lo que su hija llevaba a cabo.

En un principio su madre se opuso a la quema de los papeles, hasta que, exasperada, Elizabeth le leyó en voz alta un pasaje particularmente obsceno. Casi le había dado un síncope, respirando sin contenerse, de pronto, de una forma rápida y profunda, como si su cuerpo tomase el control de su mente. Desde entonces se pasaba todo el día en su sillón, sintiéndose inútil y buscando una idea de equilibrio en la simetría de los arabescos que bordaba.

Fritz había sido siempre un hombre enfermizo: problemas digestivos graves, migrañas terribles, insomnio, dolores musculares insoportables y permanentes, diarreas, vista pobrísima y doliente, hemorroides y desmayos. Todo eso además de aquella enfermedad repugnante provocada por el vicio y la disipación. La gente hablaba y lo sabía, mientras que Fritz miraba al tendido babeante, convertido en un idiota. Sólo reaccionaba, llorando sin consuelo, cuando alguien tocaba al piano canciones de opereta, o temas de su adorado Bizet. Una música que a Elizabeth le parecía frívola, femenina y enfermiza.

Aquel día Fritz estuvo inquieto e irascible. Cuando Elizabeth había entrado en su habitación por la mañana para ver cómo estaba, su hermano le había dicho que acababa de ver pasar a Pegaso relinchando y ascendiendo hacia las nubes.

Es preciso comprender la parte negada de la existencia no sólo como necesaria, sino como deseable. En uno de sus poemas habló de la voluntad de ser a la vez paloma, serpiente y cerdo. Lo había conseguido con una suerte de heroicidad, aunque fuera no poco repugnante. *Siento la distancia de ser distinto en todos los sentidos.*

Wagner también lo supo y tal vez hubiera podido tolerarlo si Fritz les hubiera hecho caso y se hubiera casado. Wagner le había tratado como un padre, y su hermano había correspondido al compositor idolatrándole. Después, Fritz había despreciado su reivindicación del espíritu germánico y su insistencia en la moralidad. *La moral envenena toda la concepción del mundo...* Pero había algo más. El compositor, a sabiendas de lo que ella quería ocultar ahora, acabó entrometiéndose. Wagner había escrito al respecto al médico de Fritz, algo que este nunca le iba a perdonar, mientras le instaba a superar «su languidez» y encontrar una esposa. Su hermano estuvo entonces a punto de enfrentarse a Dios y a la sociedad amancebándose con aquella puerca de Lou von Salomé y Rée, su amiguito obediente. Elizabeth, en su momento, ya había destruido toda la correspondencia entre ellos. Por suerte, Fritz estuvo luego tan dolido que se autoconvenció de que no había pasado nada, evitando promulgar aclaraciones comprometedoras. Era cierto que quedaba aquella fotografía de la vergüenza: la rusa con el látigo en la mano, mirando a la cámara, detrás de aquellos dos hombres sumisos ocupando el lugar de las bestias de carga. ¿Qué le habría pasado por la cabeza a su hermano para permitir ese ultraje? Su madre había llorado toda una sucesión de días y de noches cuando fue alertada de la existencia de aquella abominación.

Elizabeth se secó el sudor de la frente.

Sí, menos mal que estaba ella, que lo había leído todo varias veces, luchando contra aquella caligrafía hermética y desbordada, hormigas de tinta y de grafito, estableciendo las categorías pertinentes y necesarias. Ahora sólo restaba destruir. Era urgente... *Cómo llega uno a ser más fuerte. Decidirse lentamente; y aferrarse con tenacidad a lo que se ha decidido. Todo lo demás se sigue de ello.*

Fritz había dejado de aullar y su madre había vuelto al salón. Las dos mujeres se miraron a los ojos. Jamás abrirían la boca al respecto.

Elizabeth echó al fuego más papeles. *Pasar la vida entre cosas absurdas y delicadas; ajeno a la realidad; mitad artista y mitad pájaro...* Fritz tenía esa maravillosa habilidad para decir las cosas de forma seductora, pero era discutible que hubiera vivido ajeno a la realidad... Tal vez fuera más acertado decir que había pasado los últimos años de su vida como alguien que era mitad artista y mitad monstruo. *Toda gran filosofía es la confesión de su fundador, una suerte de conjunto involuntario y secreto de sus memorias personales.*

Elizabeth se negaba a entender, aunque lo hubiera considerado, que su hermano se hubiera dejado llevar de aquella manera en un supuesto afán de perfección y de plenitud. Fritz se había visto a sí mismo como un explorador, un pionero o un visionario. *El libertinaje no es para nosotros más que una objeción contra quien no tiene derecho a él; y prácticamente todas las pasiones tienen una mala reputación a causa de quienes no son lo suficientemente fuertes como para volverlas en beneficio propio.* ¿No era aquello, tal vez, consecuencia de su pensamiento, incluso la razón misma de su origen? Tanto Dionisos y tanto espíritu orgiástico griego no eran una mera cuestión filosófica. Su hermano hablaba de una forma de vida.

Respiró hondo. Mirar el fuego le tranquilizaba. El papel italiano producía unas llamas crepitantes azules como irises. El humo que desprendía era vagamente aromático.

El progreso hacia lo mejor sólo puede ser un progreso en la toma de consciencia. Italia y su clima meridional le habían corrompido. Sin duda. *Hemos reconquistado paso a paso el derecho a todo lo prohibido.*

Pese a todo, le quería. Cuando se casó y se fue con su marido, a quien Fritz detestaba y consideraba un patán redomado, a fundar una colonia aria y pura en el Paraguay, había pensado en él cada día. Y eso a pesar de que Fritz se hubiera reído de ellos y de su proyecto, que consideró absurdo, delirante y ridículo. Elizabeth admitía su fracaso, pero consideraba todo aquel asunto en el Nuevo Mundo como una heroicidad.

Movió las caderas de arriba a bajo varias veces. Sus nalgas habían perdido sensibilidad.

Hay una explicación significativa para situar el poder en el lugar de la felicidad individual a la que todo ser debe aspirar: aspirar al poder, a más poder, el placer sólo es un síntoma del sentimiento del poder alcanzado, una consciencia de la diferencia. Aquí coincidía con él. No tendría nunca ni el más mínimo remordimiento. Era metódica y sería exhaustiva en su afán destructor.

Los hechos no existen, sólo las interpretaciones, si es que esos hechos se conocen y existen interpretaciones al respecto.

Sí, aquella noche iba a dormir tranquila.

El rostro le ardía cuando se acercaba al fuego. Sudaba de forma desagradable. Le escocían los ojos y pensaba en el infierno. No le cabía duda, sin embargo, de que aquello obedecía a un sentimiento urgente de responsabilidad.

2
Génova, Italia, 1881

Bajó los escalones de la pensión a toda prisa. Aquel día se sentía bien, lo que ya era una novedad. Había trabajado muchas horas esa mañana, felizmente productiva, y llevaba ahora consigo su cuaderno, por si acaso, además de un parasol. El día era claro y luminoso, y la patrona le dijo que el mar estaría en calma. Le gustaba el mar así. El mar de los griegos. Una invitación a los descubrimientos y a las aventuras. Una presencia física abrumadora y uno de los grandes repositorios de la imaginación a lo largo de la historia.

Fritz caminaba varias horas al día, las más de las veces sin un rumbo establecido, vagando por las calles de la ciudad, o de sus alrededores, a su capricho. Aquel día, sin embargo, era diferente. Tenía un plan determinado.

El Holandés, quien le proporcionaba el opio, le había dicho por la noche que allí encontraría lo que buscaba. Tenía que situarse a la izquierda de la playa, y llegar hasta las rocas. No tenía pérdida. Se daría cuenta enseguida de que había encontrado el lugar preciso. Nadie sabría quién era y a nadie le importaría.

Una vez en la calle, comprobando que, en efecto, aquel era un día maravilloso, se permitió un helado de avellana para celebrarlo. Aquello era un lujo para él, pero los helados genoveses eran los mejores que había probado en su vida.

Y Marcelo, el joven que los servía cuando cedía a aquella tentación, tenía unos ojos profundos y cálidos. Le sonreía con cortesía genuina y le llamaba *caro professore*. Sus dientes eran blancos y perfectos.

> *Fue al mediodía,*
> *al mediodía, cuando ya*
> *el verano asciende a la montaña,*
> *El muchacho de cansados, ardientes ojos...*

Después se encaminó hacia las afueras de la ciudad siguiendo la línea de la costa, atravesando una vasta zona popular. La gente allí parecía vivir en la calle, gesticulando y dando voces. Las primeras veces que estuvo en Italia pensó que sus habitantes se peleaban de continuo, pero luego se dio cuenta de que era su forma natural de hablar y de comunicarse.

La espalda le dolía y no podía estar sentado muchas horas escribiendo, aunque aquella mañana lo había soportado bien. En general la vida nómada y solitaria que llevaba resultaba ser del todo adecuada a su trabajo, y libro tras libro terminado sentía estar articulando las claves de su pensamiento.

Ya junto a la playa entró en una *trattoria* destartalada repleta de gente. Su experiencia le decía que podría ser el lugar perfecto para disfrutar de un almuerzo memorable. Se sentó mirando al mar y las gaviotas y pidió unos callos. Ese era su plato predilecto. Le resultaban más fáciles de digerir que la carne y eran también mucho más baratos. No se equivocó. Estaban deliciosos. Seguro que volvería a comer allí exactamente lo mismo en días futuros.

Después caminó sobre la arena. Hacia la izquierda, como le había dicho el Holandés, ya viendo aquellas grandes rocas a lo lejos.

Descalzo, sentía la arena caliente bajo sus pies. Le gustaba aquella sensación, algo así como una recarga energética. Una conexión con lo telúrico. Estaba convencido de que su cuerpo reaccionaba de inmediato a los fenómenos naturales: la electricidad de nubes y tormentas, la altura de las montañas, la humedad del mar y de los bosques, la luz del sol al mediodía...

Algunos barcos se desplazaban por la bahía, y el horizonte era una estrecha banda de plata. Si miraba hacia el interior se veían las montañas a lo lejos, sus perfiles en distintos tonos de azul cada vez más difuso. Su optimismo crecía, contemplando aquellas bellezas naturales que le rodeaban.

Las rocas del extremo de la playa formaban espacios recónditos y secretos. Primero le pareció estar solo. Estaba a punto de instalarse, en un lugar plano mirando al mar, cuando oyó unas voces. Caminó un poco más, hacia ellas, con expectante curiosidad.

Y allí estaba lo que buscaba.

Hombres de todas las edades, solos y en actitudes expectantes, semidesnudos y bronceados, mirándose los unos a los otros, de pie, sentados o tumbados al sol. Los lagartos en exposición de los que le había hablado el Holandés. Un paraíso griego y una comunidad secreta.

Fritz, al mismo tiempo alborozado e inquieto, se sentó cerca de dos jóvenes tumbados no lejos del agua. Le miraron sonrientes mientras se instalaba desplegando su parasol a rayas, que era el único a la vista en aquel lugar, donde otras cuestio-

17

nes eran prioritarias. Fritz llevaba sus anteojos teñidos para protegerse de la luz, pero aun así no era suficiente. Tampoco quería quemarse.

Los jóvenes no dejaron de mirarle de forma descarada, sonriendo y moviendo las piernas para adoptar posiciones sugerentes.

Después, se pusieron de pie, mostrando sus cuerpos atléticos, desplazándose con fingida pereza antes de tirarse al agua. Nadaron juntos en paralelo con gran rapidez hasta que sus rumbos se interceptaron. Entonces, chillando con estruendo, comenzaron a jugar a las ahogadillas.

Fritz les contemplaba absorto y maravillado. Toda la imagen denotaba un esplendor primigenio.

> *Tan jóvenes, falsos, andorreros,*
> *¿me parecéis para el amor hechos,*
> *y para la diversión bella?*

Cuando salieron del agua, los chicos fueron a sentarse junto a él. Al poco, le dijeron por gestos que les siguiera y le llevaron a un lugar apartado que tenía algo de cueva.

Se besaron y se tocaron, mutando las configuraciones de sus abrazos.

Le indicaron, presionándole los hombros, que se arrodillara.

Se las chupó a los dos al mismo tiempo mientras el corazón le latía con fuerza. Sus nuevos amigos se corrieron juntos sobre su bigote.

Fritz nervioso, no lo había logrado. Le inquietaba hacer eso a la luz del día, tan cerca de otros hombres, quienes, aunque no les vieran, sabían, o imaginaban, lo que los tres pudieran estar haciendo.

Fritz recogió sus cosas y volvió a la parte despejada de la playa, alejándose de las rocas. Se tumbó al sol pensando que pertenecía a aquella comunidad de lagartos. Lo que acababa de ocurrir le excitaba sobremanera, aunque también le invitaba a una suerte de beatitud, algo que tenía que ver con la experiencia interior. Respiró y se concentró en la respiración para lograr sosegarse.

Al cabo de un rato sintió cómo el sol le quemaba la piel. Abrió el parasol y lo clavó en la arena. Pronto se quedó dormido bajo su sombra modesta.

Cuando se despertó, anochecía. No vio a nadie a su alrededor. Miró cómo el sol desaparecía a lo lejos, convertido en un fulgente disco rojo.

Después, Fritz decidió caminar por la playa en la otra dirección, que llevaba a un embarcadero.

Se quedó allí, contemplando el mar y las barcas mientras avanzaba la oscuridad. Se sentía bien y no quería volver a encerrarse en los confines de su cuarto diminuto.

Casi no se dio cuenta de que un hombre se le aproximaba, hasta que estuvo sentado a su lado. Se quitó la camisa, sonriéndole sin decir nada. Su cuerpo era musculoso y su piel, a la luz de la luna y de las estrellas, resultaba increíblemente oscura, y también brillante. El hombre tendría unos treinta años, su pelo era negro y ensortijado, y su barba poblada le daba al rostro un gran carácter.

El hombre le rozaba ahora la pierna con la suya, mientras le miraba a los ojos y le sonreía. Era una mirada de color turquesa, tal vez más amistosa que sexual.

Le dijo algo en italiano que Fritz no comprendió. Le preguntó cómo se llamaba. Giorgio se lo dijo mientras le acariciaba el rostro. Fritz se sonrojó. Giorgio le preguntó de dónde era. Después, estuvieron en silencio un largo tiempo.

Fritz miraba el mar, como si estuviera concentrado en los ritmos lentos y pesados del oleaje, aunque dándose cuenta de que Giorgio no dejaba de mirarle con aquellos ojos maravillosos.

Al cabo de un rato, este le pasó el brazo por encima del hombro. Los dos se sintieron bien, como si aquello fuera lo mejor que pudieran estar haciendo en ese momento preciso.

Fritz disfrutaba de la situación, pero el deseo dificultaba la agilidad de su pensamiento. Sólo sabía que quería besar a aquel hombre, que le miraba con amabilidad y dulzura. Entre ellos sólo había un poderoso sentimiento de presente.

Por fin, Giorgio se puso de pie y le estiró del brazo para que le siguiera, señalándole una de las barcas. Fritz obedeció.

Incluso el mismo mundo le pareció, en aquellos momentos emocionantes, algo que era diferente.

El hombre remó unos instantes con fuerza. Después, tiró el ancla. Estaban a pocos metros de la costa. Los suficientes para que nadie pudiera verles, oírles o molestarles.

Se tumbaron sobre unas mantas en el fondo de la embarcación. Se besaron y acariciaron disfrutando. Aquel hombre, a pesar de su aspecto rudo, actuaba con gran delicadeza, despacio, como si llevara a cabo el trabajo de un orfebre.

El cielo estaba repleto de estrellas y el rumor del mar era al mismo tiempo acogedor y salvaje. La piel de Giorgio era salada y olía a limón.

Después, Giorgio le cogió la cabeza y la apoyó sobre su pecho. Le acarició la espalda y el cuello, mientras le contaba en susurros algo incomprensible en su lengua. Fritz se quedó dormido, sintiendo que aquel hombre era un regalo del cielo.

Durmieron abrazados toda la noche.

Antes de salir el sol, Giorgio condujo la barca al embarcadero y allí se despidieron. Fritz ansiaba ahora estar solo para reorganizar su pensamiento.

Sin embargo, mientras caminaba hacia la pensión, sintiéndose feliz y arrebatado, sólo pudo cantar arias de *Carmen* para sus adentros. Todo lo que le rodeaba le parecía glorioso.

No tenía sentido que aquello fuera un vicio o un pecado. Algo estaba mal en mundo y estaba decidido a cambiarlo.

La patrona, que le vio llegar tan contento, le regaló un cesto con higos y albaricoques.

3
La barca misteriosa

Ayer noche, dormido todo apenas,
unos vagos suspiros de viento
corrían a través de las callejas;
no daba la almohada sosiego,
ni el opio, ni lo que, buena consciencia,
depara a veces un profundo sueño.

Al fin, me sacudí de la cabeza
el sueño y fui corriendo hacia la playa.
Había bonanza y luna llena,
y en la cálida arena un hombre y una barca;
soñolientos ambos, pastor y oveja:
soñolienta la barca zarpaba.

Pasó una hora, dos, ¿o un año entero?
Allí se me hundieron de improviso
todos los pensamientos y sentidos
en eterno abandono disueltos,
al tiempo que un limitado abismo
se abría. Todo se acabó luego.

Llegó la mañana: está una barca
quieta, quieta, sobre fondos negros...
¿Qué ha pasado? Clama uno, pronto claman
a cientos: ¿Qué ha sido? ¿Sangre es esto?
Dormíamos y no ha pasado nada.
Todos dormíamos. ¡Ah, qué bueno!

Allegro risoluto

Catherine llamó a las siete menos cuarto de la mañana. Era la primera vez que hablaba con ella desde su partida. Timothy había preparado mentalmente una lista de cosas que decirle, pero ahora era incapaz de recordar cuáles habían sido sus pensamientos. Nada tenía sentido. Ella le telefoneaba tan temprano para despertarle y cogerle en un mal momento, sabiendo como sabía que ensayaba hasta bien entrada la noche.

Sin preguntarle cómo iban las cosas, ni dejarle decir nada alegando que sólo disponía de unos minutos, Catherine le comunicó que iban a reunirse con su padre, quien era además su abogado, justo el día después del concierto y a las ocho en punto de la mañana, pues ese mismo día por la tarde se iría a Mallorca con las niñas. Timothy, molesto por la velocidad de todos aquellos trámites que no le parecían urgentes, justo cuando necesitaba más calma que nunca, respondió aún medio dormido que no entendía que sólo pudiera estar pensando en irse de vacaciones. Su mujer le replicó que a no ser que quisiera torturarlas con sus impedimentos no podía oponerse. Para ahorrarle complicaciones, lo que probaba su generosidad y su paciencia, puesto que las niñas eran de ambos, ya había hablado con el colegio para que las dispensaran. Les irían muy bien unos días al aire libre, hartas como estaban de la clausura que les era impuesta cada vez que tenía un concierto «importante», como ahora mismo, y cuando se ponía a ensayar como si no existiera nada más en el mundo. La verdad es que no quería volver a hablar de ese asunto, ya que al marcharse había dejado de ser un problema para ella. Le recordaba, por si no se había dado cuenta, lo cual era lo más probable, que llevaban muchos días seguidos de una lluvia torrencial insoportable. Ella y las niñas iban a migrar al sur para reponerse bajo el sol. Y sólo iban a estar fuera poco más de dos semanas.

Timothy recordó entonces que justo antes de que pasara todo, su mujer, cuya figura era todavía perfecta, se había comprado dos bikinis de corte atrevido y estampado multicolor. En su momento eso le había parecido una extravagancia, pues no se imaginaba dónde y cuándo iba a poder lucirlos. El misterio estaba ahora resuelto. Su mujer lo había estado preparando todo desde hacía tiempo, siendo capaz de fingir en todo momento. No tenía vergüenza. Pensar en ello le dejaba aplastado. Catherine era más terrible que las criaturas salvajes de la selva.

Se había ido de casa hacía dos semanas, poco después de cumplirse nueve años de matrimonio.

Se habían conocido en el conservatorio y se habían casado a los pocos meses. En aquel entonces estaban enamorados y eran la envidia de todos. Eran jóvenes y atractivos, y además tenían talento. Se podía pensar que iban a comerse el mundo.

Las niñas llegaron enseguida. Las dos guapísimas. Catherine se dedicó a ellas mientras que su marido se volcaba en su carrera. Aquello, tal y como se manifestaba ahora, había sido causa de resentimiento.

El padre de su mujer, un esnob redomado con quien nunca se había llevado bien, le había telefoneado a las pocas horas de la fuga de su hija para darle toda clase de instrucciones prácticas. Más de la mitad de sus ganancias dejaban de ser suyas, e iban a tener que vender la casa para repartirse desigualmente lo que consiguieran por ella. Timothy se había sentido como un criminal.

La escena había sido horrible. Marc, sí, Marc, quien hasta entonces le había parecido un ser insignificante, vino a recogerlas aquel sábado por la mañana. Timothy volvía a casa con tiempo para almorzar con su familia, después de un concierto en Birmingham donde había tocado a Bartók, cuando se encontró con varias maletas tras la puerta de su casa. Al entrar en la cocina para dejar los regalos que traía sobre la mesa, rosas amarillas para su mujer y unas galletas de chocolate para las niñas, se lo había encontrado leyendo *The Guardian* como si tal cosa. Tenía que ser su copia, ya que estaba suscrito al diario. Pocas cosas le molestaban tanto como que le manosearan el periódico antes de leerlo. Algunas personas eran capaces incluso de desordenar las páginas, especialmente los suplementos de los sábados. Catherine era una de ellas. Marc, en todo caso, y sin levantarse de la silla, le había saludado levantando las cejas y un ruido de garganta semejante a los chasquidos que conforman esas extrañas consonantes del habla de los zulúes. Llevaba unos anteojos redondos y rojos, y una ridícula corbata estampada con conejitos morados y gansos amarillos. Se quedaron mirándose sin saber qué hacer, hasta que Catherine, que habría oído la puerta desde arriba, le informó a gritos desde lo alto de la escalera que estaba terminando de empacar, rogándole, ya que no le esperaban tan temprano, que no montara ninguna escena. Marc le miraba mientras se escuchaban los chillidos desconcertantes de su mujer. Timothy gritó que no entendía de qué le hablaba, molesto por tener a aquel intruso de testigo. Catherine contestó, chillando otra vez, que no le parecía que fuera tan difícil comprenderlo.

Timothy estaba estupefacto.

Sintió un extraño vértigo.

Salió de la cocina y subió la escalera que llevaba al primer piso, en donde estaban los dormitorios y el cuarto de juegos de sus hijas. Mientras subía los escalones de dos en dos, distintos pensamientos caóticos se apoderaron de él. Era cierto que llevaba varias semanas sintiéndose alejado de su mujer, con la que apenas hablaba, pero se había convencido de que eso era algo normal en todos los matrimonios. Le bastaba pensar en sus padres, o en Peter y Deborah, unos amigos de ambos que tenían amantes de continuo, aunque parecieran llevarse bien cuando estaban juntos.

El corazón le latía con fuerza, pero no iba a permitirse perder los papeles delante de Marc, un violinista de tercera fila, al que apenas conocía, y que tocaba en el cuarteto mediocre de su mujer. Además, no tenía la certeza, aunque ahora lo intuía con una fuerza poderosa, de que aquel hombre tan delgado que usaba siempre gruesos y pintorescos anteojos de culo de vaso y hablaba con acento *posh* fuera el responsable de aquella crisis imprevista.

Al llegar a su dormitorio, donde Catherine doblaba con prisas y torpeza el jersey azul que él le había regalado para su último cumpleaños, esta le dijo, sin ni siquiera volverse a mirarle:

–Sé un cielo, y no hagas las cosas más difíciles todavía.

Algo en el tono y el lenguaje del cuerpo de aquella mujer, ahora convertida en un ser del todo desconocido, le prohibía que se acercara a ella.

Se dio la vuelta y se dirigió casi corriendo al cuarto de las niñas.

Karen, que tenía seis años, estaba llorando en un estado de histeria absoluta, mientras que Rose, dos años mayor que su hermana, dibujaba, sin hacerle caso, animales de colores brillantes en folios que repartía por la alfombra de la habitación. Ambas eran conscientes de que algo transcendente estaba sucediendo, y aquello les afectaba de forma distinta según su personalidad. Rose era fría y reservada como su madre, aunque ahora dibujaba con una fuerza que ponía en peligro la integridad de sus rotuladores. Timothy tomó a Karen en sus brazos para intentar calmarla. Se quedó de pie con ella ante la ventana, con la mirada perdida en la calle, y susurrándole palabras cariñosas. Rose dibujaba sin decir nada, como si fuera ajena a la situación. A su padre siempre le había costado tener una relación fluida con ella.

Catherine había entrado tras él en la habitación.

–Niñas, sed buenas y despedíos de vuestro padre. Ya os he dicho que hoy dormiremos en una casa nueva más bonita que esta y con un jardín precioso. Está lleno de ardillas y de mirlos... Por fin tendréis un gato... *Arthur*. Es grande, peludo, de color blanco y negro... Y muy pronto nos iremos unos días a la playa. Podréis nadar mañana y tarde. Viviremos al aire libre y os dejaré beber cocacola con cubitos de hielo. Después volveremos a recoger los juguetes.

Su mujer había repetido últimamente que Hackney, el barrio donde vivían, no era el lugar más apropiado para las niñas. Le pareció recordar que ese ser repugnante que le estaba arrugando el periódico en la cocina vivía en una casa enorme en Notting Hill, probablemente el barrio más caro de la ciudad. Por lo visto también tenía una casa de vacaciones en España.

La cabeza de Timothy se asemejaba a una olla a presión haciendo su trabajo. Una máquina de silbidos ardientes y ensordecedores. Los latidos de su corazón retumbaban como poderosos mazazos. El caos y la devastación conformaban un nuevo orden en el mundo.

Catherine, mientras tanto, actuaba como si nada. A Timothy le desconcertaba y dolía su crueldad. Habían hecho el amor hacía sólo tres noches, después de salir a cenar con Peter y Deborah y beber más de la cuenta. Llevaban meses, era cierto, sin poder hablar el uno con el otro. Cualquier conversación, aunque fuera sobre temas insignificantes, provocaba una discusión airada. Nada, sin embargo, le había hecho pensar que se abocaban a esta catástrofe. Su mujer no le había dado ni la opción de hablar para defenderse.

Timothy, sin poder reaccionar ni moverse, apretaba con fuerza a Karen, quien seguía llorando. Apoyaba su mejilla sobre los cabellos finos y sedosos de su hija, cuyo olor era dulce y acogedor. Intuía ya el efecto devastador de aquella pérdida.

–Es tu culpa que esté llorando así. Podrías intentar tranquilizarla en lugar de estrangularla como si no fueras a volver a verla. Mi padre me ha dicho, te avanzo, que te van a tocar un fin de semana cada mes... Ya ves que ahora podrás tocar el piano sin que nadie te moleste. Si no fueras tan egoísta estarías dándome las gracias.

No sabía dónde se hallaba. Sólo era consciente de la fuerza de la gravedad. Le costaba mantenerse en pie. La voz de su mujer era un instrumento de tortura muy eficiente y él había perdido la capacidad del habla. Pensar le resultaba tan difícil como una compleja acrobacia circense diseñada para dejar boquiabierta a la gente.

Catherine le arrebató a Karen y arrastró de la mano a Rose escaleras abajo.

Sin que Timothy pudiera reaccionar, más allá de seguirles, niñas y maletas fueron colocadas en el interior de un Jaguar inmenso. Era negro como la boca del lobo.

Catherine se ocultaba ahora detrás de unas gafas de espejo con las que nunca la había visto. No podía verle los ojos. Ella pretendía que no le afectaba la situación, pero en el último momento le había comenzado a temblequear la barbilla. Luego, justo antes de meterse en el coche, había resbalado. No se había caído de bruces contra el suelo porque Marc, que le había abierto la puerta del vehículo, estaba a su lado. Cogiéndole de la cintura, le había dicho en voz baja algo que Timothy oyó con claridad y que desde entonces le obsesionaba.

–Todo irá bien, angelito. Vámonos a nuestra casa.

Una vez solo, Timothy se derrumbó sobre el sofá. Estuvo llorando durante horas, repitiéndose la escena en la cabeza y sintiéndose impotente. Su mujer había llegado a esa decisión sin pensar que fuera necesario discutirlo antes con él. Era una forma de transmitirle un odio visceral y de causarle el mayor daño posible. Como si sólo fuera él el responsable del tedio en el que habían habitado juntos en los últimos tiempos.

Después, sin saber ni tan siquiera qué hora era, se sentó al piano. Fue directamente al tercer movimiento de la sonata

«Hammerklavier»: *Adagio sostenuto, appassionato e con molto sentimento.*

Y entonces sucedió algo inesperado. Por primera vez fue incapaz de tocar aquella obra de la que había creído antes que no tenía secretos para él. Adoptaba sin quererlo una forma majestuosa y acelerada del todo innecesaria. Se equivocaba incluso. La música le parecía incomprensible. Volvía a empezar una y otra vez, poniéndose cada vez más nervioso. Estuvo horas repitiendo ese movimiento sin que la cosa mejorara en absoluto. Caía en los errores de un principiante.

Cuando se detuvo eran las diez de la noche. No había comido nada en todo el día, pero no tenía apetito. Se preparó un té verde. Distraído como estaba, cuando fue a bebérselo ya estaba frío.

Le dolían los dedos y la espalda. Hizo varios ejercicios de estiramiento.

Agotado, pero sin saber qué otra cosa podía hacer, volvió a sentarse ante el piano. Sucedió lo mismo que había ocurrido durante toda la tarde.

Desesperado, se levantó al rato como un sonámbulo. Caminaba de un lado a otro de la habitación sin consciencia de lo que hacía. Por fin se halló parado ante la librería, justo donde estaba la foto de Catherine con las niñas, tomada en unas vacaciones en Corfú. Las tres sonreían y estaban guapísimas. Las tres mujeres rubias que hasta entonces habían sido el centro de su vida.

Entonces se metió en la ducha. Dejó correr el agua largo tiempo como si así fuera a rehidratarse. Se acostó sin saber cuándo iba a ser capaz de conciliar el sueño. Empezaba una etapa de largas vigilias.

Por lo visto, Catherine y Marc habían sido amantes durante poco más de un año. Timothy, que les había visto tocar juntos en varias ocasiones, no recordaba haber cambiado con él muchas palabras más allá de simples expresiones de cortesía antes y después de los conciertos de su cuarteto a los que había asistido. Catherine nunca había querido que se vieran fuera de situaciones profesionales. Esos contactos mínimos le habían permitido a Timothy darse cuenta de que Marc era un hombre de pocas palabras, y cuya única excentricidad consistía en poseer una colección de anteojos de diseños y colores distintos algo atrevidos. Tocaba pasablemente el violín, pero al hacerlo exhibía unas muecas grotescas y desagradables. Era mucho mejor escucharle con los ojos cerrados.

Timothy no había sospechado nada, aunque su hermana Ann llevaba un tiempo diciéndole que algo en Catherine indicaba que las cosas no eran como debían. Y era cierto que su conducta se había aproximado varias veces a lo desagradable, con reacciones vengativas y exageradas que a él le habían parecido injustas.

Que todo hubiera sucedido justo cuando se confirmó el concierto en el Royal Albert Hall, probablemente el más importante de su carrera hasta la fecha, tampoco era casual para su hermana. Catherine, decía Ann, era retorcida, celosa y competitiva, y su carrera llevaba un tiempo sin avanzar. Su cuarteto no llegaba a salir de un circuito de salas de concierto de ínfima categoría, de aficionados incluso. A Marc le debía ser igual porque era de familia rica y tocaba como *hobby*, pero a ella tenía que molestarle dada su naturaleza ambiciosa. No iba a perdonar a Timothy este éxito tan importante. Su agente, además, estaba cerrando otros contratos y ella lo sabía. El próximo concierto, después del de Londres, sería en el Carnegie Hall y más adelante tocaría en una sucesión de lugares míticos en Chicago, Múnich, París, Madrid o Viena. Según Ann, Catherine se tenía que estar muriendo de rabia, en lugar de estar orgullosa de los triunfos de su marido.

Timothy había empezado a adquirir notoriedad por la seductora naturalidad con que tocaba las sonatas de Beethoven. Le gustaban, sobre todo, las sonatas finales, y ahora iba a tocar en el mismo programa, la Sonata «Hammerklavier», opus 106, y la Sonata en do menor, opus 111, la última que escribió el compositor. Los acontecimientos recientes, sin embargo, le habían hecho perder concentración.

Pensaba en sus hijas, que habían desaparecido de su vida llorando y sin que pudiera decirles adiós de una forma que pudiera ser descrita como humana.

Ann, una mujer sumamente práctica, se había ofrecido a instalarse en su casa para ayudarle hasta el día del concierto. Ella misma se había separado hacía cosa de un año de su pareja, una arquitecta peruana que había decidido de pronto regresar a su país. Timothy supo enseguida que aquello no era una buena idea y dijo que no, pero Ann le llamaba cada día a la hora del almuerzo para ver cómo iban las cosas y preguntarle si necesitaba alguna cosa.

Deborah, de quien Timothy había creído siempre que estimaba más a su mujer, se estaba portando también de forma generosa. Varias noches, pues no vivía lejos de su casa, le había traído bandejas de comida que ella misma había preparado. Estaba indignada por la forma en que Catherine había desaparecido. No ayudaba que también le hubiera ocultado sus planes a ella.

Su agente también le llamaba cada día, ofreciéndose a visitarle a cualquier hora, pero Timothy prefería estar solo y concentrarse en el trabajo.

No le había dicho a nadie, ni siquiera a su hermana, que tenía problemas con las sonatas. Había imaginado que airear esa segunda cuestión no hubiera sino duplicado las llamadas y visitas de quienes se preocupaban por él. Además, Deborah, que también estaba en contacto con su mujer, hubiera podido pasarle información, y desde luego no iba a permitirle ese placer.

Pasaba las horas sentado frente al piano. Tenía un Bechstein de 1880 que había pertenecido a Franz Liszt. Lo había comprado a muy buen precio a una anciana muy rica que era su admiradora. El sonido del Bechstein era extraordinario y se hallaba en un impecable estado de conservación.

Los problemas a los que se enfrentaba Timothy tenían que ver con una desconocida inseguridad. Le parecía, y eso era una sensación nueva que no acababa de convencerle, que todo sonaba mejor si usaba el pedal con mayor frecuencia, y no en contadas ocasiones para resaltar el contraste de sonoridades de aquella música ya en sí tan densa y profunda. Había más problemas. Cuando tocaba la fuga de la «Hammerklavier», por ejemplo, cerraba la serie de octavas que van alargando el tema principal con el si bemol tónico que parece claramente exigido en los compases 114 y 115. No se podía controlar y le costaba esperar al compás 116, en donde estaba en realidad el clímax de ese movimiento. Allí se llegaba a un do bajo que continuaba luego durante otros diez compases. Esa armonía dominante en esos instantes posteriores le daba precisamente a aquella música una impresionante belleza sobrenatural.

En la Sonata en do menor, opus 11, con la que iba a cerrar el concierto, los problemas llegaban invariablemente en el compás número 48, cuando se salta de los agudos a los bajos y de los bajos a los agudos con un acorde de séptima disminuida que introduce un nuevo tema muy expresivo con un ritmo marcado y rotundo. Todo se repite con una elaborada ornamentación de arabescos de doce, quince y dieciséis notas, disminuyendo el tempo de forma continuada hasta llegar a un adagio de una mínima e insólita brevedad. Luego una cascada descendente de acordes en tercera, que parecían rotos, concluía con un tema como de marcha militar en el compás 58, volviendo al final a una textura monofónica, brutalmente puntuada por un esforzando en cada compás. Todo aquí le costaba, aunque luego seguía sin problemas hasta llegar a los compases del 100 al 120 veinte. El bajo cambiaba ahora prácticamente todo el rato, produciendo un efecto de enorme excitación, y donde uno tenía que demostrar su virtuosismo si quería recalcar la tensión exigida por la partitura. Empezaba bien, pero poco a poco se dejaba poseer por una velocidad endemoniada y mecánica, que no dejaba comprender ni admirar las complejidades de aquella música tan especial y que conformaba sin duda alguna uno de los momentos estelares de la cultura europea.

Después de los ensayos, Timothy se sentía agotado. Tenía que resolver cómo hacer que aquella música volviera a ser suya. Era como si desde la marcha de Catherine con las niñas le estuviera vetada la entrada en el paraíso. En efecto, si un día le parecía que dominaba los pasajes difíciles era para equivocarse, a continuación, en otro lugar. Todas estas inseguridades presagiaban una noche terrible cuando se enfrentara al público, negándole la ofrenda tan reconfortante de su admiración. Estaba claro que necesitaba mucho cariño, pero sus problemas apuntaban a un rechazo de consecuencias desoladoras.

Dormía poco, acostándose alternativamente en las camas de sus hijas.

Estaba nervioso e irritable. Le poseía una agresividad desconocida que le asustaba, como si fuera el protagonista de un *thriller* a punto de cometer un grave disparate criminal.

Había puesto sobre el piano algunos juguetes de peluche de las niñas, pero eso sólo hacía que se sintiera ridículo.

Le había pedido a Catherine que les comprara teléfonos móviles para que él pudiera llamarlas cuando quisiera, pero ella se había negado diciendo que todavía eran pequeñas para tener una responsabilidad semejante, y además no le parecía buena idea que pudiera estar «molestándolas» en todo momento. Él no pensaba que llamar a sus hijas pudiera ser molestarlas, pero su suegro también tenía las ideas claras al respecto y los dos le habían amenazado con hacer las cosas aún más difíciles.

Los días pasaron sin que se diera cuenta. Estuvo encerrado con el piano, equivocándose una y otra vez, y apenas salió de casa. Pensaba en su familia, pero no veía lo que podía hacer para mejorar la situación. Salir detrás de su mujer hubiera sido una gran humillación y no hubiera servido de nada. Catherine era la obstinación personificada.

Se habían vendido todas las entradas a las pocas horas de ponerse a la venta. Timothy no podía creer que ya hubieran llegado al día del concierto. Las niñas no iban a asistir, puesto que, como era de esperar, a su madre no le parecía que fuera una buena idea.

La noche antes del concierto Timothy había tenido una extraña pesadilla. Estaba con su mujer sobre un escenario escasamente iluminado ante un auditorio repleto de espectadores. Entonces ella, que llevaba un bikini diminuto, había comenzado a chillarle mientras él tocaba el piano. Al final, perdiendo la paciencia, él se había levantado y recogido un clarinete que había encontrado en el suelo junto a su taburete. Se había dirigido a su mujer con paso decidido y le había dado un gran golpe en la cabeza con el instrumento de viento, que se había partido en dos. Ella había caído al suelo fulminada, quedándose inmóvil y boca abajo. Había empezado a sangrar por la boca. El rojo de la sangre brillaba con los focos. Entonces un enorme gato peludo, de color blanco y negro, había aparecido de la nada y comenzado a lamer esa sangre. Al hacerlo ronroneaba con inmenso placer. El público había aplaudido rabiosamente. Entonces había descubierto a Beethoven sentado en una de las primeras filas con una casaca roja de remaches dorados y una peluca blanca. No aplaudía y le miraba con cara de total tristeza y evidente reprobación.

Llegó la hora de salir al escenario. La sala de conciertos estaba repleta y se notaba una gran excitación. En algunos de los periódicos se había dicho de él que era el gran pianista de su generación, si no el más destacado de su país ahora en activo.

Y el milagro sucedió en el momento mismo que pisó el escenario. Tocó de una forma arrebatada pero contenida. Transformado. Él mismo convertido de alguna forma en aquella música prodigiosa que interpretaba. Se sentía ligero y en posesión absoluta de sus habilidades.

Los ensayos habían servido de algo. No tuvo problemas ni con el *allegro*, ni con el breve *scherzo, assai vivace*. Después, el tercer movimiento le salió como nunca, apasionado, con mucho sentimiento. Tocaba y tocaba, notando aspectos de aquella música que hasta ahora se le habían escapado. El *Largo* final, *allegro risoluto*, le pareció transparente y cristalino. Acaso la música más triste del mundo. Al tocarla amaba a todos sus semejantes. Tal vez era necesaria la presencia del público para llegar a esa sensación. Comprendió que le iba a salvar su trabajo.

Cuando acabó con la primera sonata los aplausos fueron impresionantes. Luego, no había logrado recordar lo que había pensado en aquellos momentos. Estaba vacío y la música seguía sonando en el interior de su cabeza.

Con la última sonata fue todavía mejor. Pudo colocar todo el dolor que sentía en el primer movimiento, *maestoso*, pero *allegro con brio e appassionato*. Pensó en el amor que había sentido de joven, y el amor que sentía ahora hacia sus hijas. Finalmente, afrontó la *Arietta: un adagio molto semplice e cantabile*. Se sentía ligero. Era él mismo, pero transfigurado en una forma extraña de placer absoluto.

Todo era belleza.

El final le anunció por primera vez, de forma inefable, la consciencia misma de la muerte.

El público estaba de pie aplaudiendo y gritando como un único animal rabioso. Su entusiasmo era un espectáculo.

Timothy saludaba emocionado sin poder contener las lágrimas, apoyando una de sus manos sobre el piano. Temía desplomarse, a pesar de todo.

Quiso ser las nubes y quiso ser el viento. En las alturas en donde se hallaba transportado, quiso también desintegrar su cuerpo en gruesas gotas de lluvia sobre el océano inmenso.

Su cuerpo, como si estuviera otra vez enamorado, se deshacía en una espiral de colores en movimiento y armonías sonoras dulces e insólitas.

Crepúsculo en Manhattan

Ante mí tenía la montaña que Deirdre había formado con las corazas de los crustáceos. Los había devorado con destreza envidiable y sin dejar de hablar. Más allá, al fondo, le brillaban los ojos, vivarachos y chispeantes.

Esa noche, mientras esperábamos a que nos sirvieran la cena, se había tragado dos *dry martinis* con urgencia desatada, lo que sin duda contribuía a su estado de ánimo bullicioso. Estaba verdaderamente radiante y llevaba colgada del cuello la cruz de plata etíope que le había regalado al poco de conocernos. No había cesado de gesticular durante toda la velada, salpicando su discurso con risotadas contagiosas. En días como aquellos no criticábamos a nadie. Sólo nos permitíamos reír y hablar de asuntos de bienestar general.

Celebrábamos solos, obedeciendo a una ya larga tradición, la publicación de su última novela. Esta anticipaba, en un futuro inmediato y no poco terrorífico, una inquietante distopía en Arkansas y Oklahoma. El libro estaba seduciendo a la plana mayor de la crítica norteamericana y recibiendo por ello una gran atención. Algunos críticos que en el pasado habían destacado de forma condescendiente el robusto estilo de mi amiga, o la exactitud retórica de su lenguaje, alababan ahora su mordacidad visionaria y su profundidad política y moral.

Uno se lo pasaba siempre bien con Deirdre, sobre todo en las ocasiones, como esta, que justificaban su insolente optimismo. Elogios críticos aparte, había conseguido de su editorial un adelanto con seis ceros, algo propio de una gran estrella del firmamento literario. Además, habían pasado más de dos años desde que Pierre, con quien había vivido desde el alba de los tiempos, le abandonara y regresara a Montreal con un bombón de veintiocho. Deirdre comenzaba, por fin, recuperada la fortaleza con el transcurrir de los meses, a redescubrir su libido. Esa noche tonteaba con el camarero, un explosivo griego a quien yo había visto por el barrio con su novio paseando un dálmata nervioso. No quise desengañarla, sin embargo, pues disfrutaba viéndola animada después de aquellos tristes e interminables meses posruptura, en los que, no obstante, había logrado escribir su novela trumpiana y turbadora, considerada por todos su obra maestra hasta la fecha.

Tras la separación había engordado mucho, pero poco a poco había recuperado su aspecto histórico. Era una mujer todavía guapa, pequeña y bien formada, además de una brillante conversadora que dominaba distintos registros irónicos. Tenía también un alma bondadosa, que aseguraba haber heredado de sus ancestros irlandeses, originarios del condado de Kerry.

Los dos nos acercábamos a los sesenta y dábamos clases de literatura en Columbia. Nos habíamos hecho amigos al llegar a la universidad, casi dos décadas atrás, al descubrir que amábamos la obra de James Baldwin por encima de todas las cosas. Luego compartimos otras pasiones: Clarice Lispector, Hart Crane, Roberto Bolaño... Nunca habíamos escrito el uno sobre el otro, una política que perseguía preservar nuestra amistad para siempre.

Después de los cafés, Deirdre pagó con tarjeta, añadiendo una propina espléndida para el griego, quien besó a mi amiga al despedirse mientras ella le daba, envalentonada, palmaditas sobre la protuberante curva de sus nalgas de gimnasio.

–Pura roca, aunque no creerás que no me he dado cuenta de que nuestro Antínoo besucón te miraba más a ti que a mí– dijo de camino a la puerta.

Salimos y la acompañé hasta su casa paseando. Vivía con sus dos gatos atigrados con nombres de poetas, Walt y Emily, en Harlem, a unas pocas manzanas del restaurante que frecuentábamos. Había comprado su *brownstone* antes de que el barrio se pusiera de moda entre la comunidad artística y los precios escalaran sin control.

Después de dejarla en los escalones que llegaban a su puerta, y darle los últimos besos y abrazos, continué hasta Riverside Drive, donde Mark y yo vivíamos en el apartamento que había puesto a mi disposición la universidad, y en donde éramos, o al menos así lo pensábamos con frecuencia, razonablemente felices.

Los árboles perdían las hojas, naranjas y amarillas, pero la temperatura seguía siendo agradable. A veces, el mundo parece estar bien hecho, aunque sepamos por experiencia que no debemos confiarnos. La brisa fresca de aquella noche anunciaba tal vez un vendaval helado. Las calles estaban desiertas y, a esa hora, la ciudad mostraba, con todo, su incuestionable y seductora belleza. La alegría, me dije, paseando sin prisas, y disfrutando de aquel momento de comunión con el mundo, es tan frágil como el cristal, y sus vaivenes tan dramáticos como los del clima. Entonces me sentí poseído por la tristeza, sin que existiera una razón objetiva para ello. Me abotoné la camisa hasta arriba, no fuera a coger frío, y caminé algo más rápido. Ansiaba, de pronto, llegar a casa.

Ojalá Mark estuviera allí, aunque cuando entrara en el apartamento ya estuviera durmiendo. Me metería en la cama sin hacer ruido, despacio, con cuidado, y le abrazaría por la espalda, apretándome a él con fuerza hasta conciliar el sueño. Cuando esto ocurría, a Mark no le gustaba salir de casa por las noches y se acostaba temprano, solía murmurar *I love you,* antes de volver a dormirse entre mis brazos en una cuestión de segundos. Nada me gusta tanto como esa sensación de confianza.

Me encontré con la carta urgente de Alfonso en el buzón. Reconocí su letra enseguida. Era algo rarísimo, pues nos escribíamos, como todo el mundo, correos electrónicos. En el ascensor cogí el sobre con las dos manos, sin abrirlo, conjeturando cuál podría ser su causa y cuáles podrían ser sus efectos. La letra, no me cabía duda, era la suya, y la carta venía de España.

En casa, y sin atreverme a rasgar el sobre todavía, descorché una botella de borgoña. Saboreé un sorbo ante los ventanales, admirando las luces de Nueva Jersey al otro lado del río. Se aproximaban densos nubarrones. Los relámpagos, todavía lejanos, dibujaban elegantes zetas en el cielo.

Magdalena había muerto.

Alfonso la descubrió por la mañana, inmóvil y a su lado. Tenía los ojos abiertos. Un ictus isquémico. Sus tres hijas estaban ahora con él. Le cuidaban. Isabel, la mayor, era médico. También la que más se parecía a su madre.

Envío un wasap a Mark en San Francisco. Le digo que me llame antes de acostarse sin preocuparse por la diferencia horaria. No voy a poder dormir. Ni esa noche ni las siguientes.

Habíamos pasado una semana en la casa de Alfonso y Magdalena en Mallorca ese mismo verano. Eran mis mejores amigos. Ni la distancia ni el tiempo habían mermado nunca lo que sentíamos los unos por los otros.

Llamo, por fin, a Alfonso, quien se despertaba temprano. Me dice que no tuvo fuerzas para contármelo por teléfono, y que el correo electrónico tampoco le había parecido un método adecuado a la gravedad del asunto. Seguía hablando con ella en voz alta a todas horas, sin remedio, y se la encontraba deambulando por las habitaciones de la casa, los dos convertidos en fantasmas anémicos, sin peso ni centro, meras formas en fuga... Por fortuna, estaba acabando la construcción de un importante museo en Alemania y no disponía de tiempo para pensar en nada. Menuda mierda. Magdalena, dice, me adoraba. Nos ponemos a llorar los dos. Respiro fuego y me arde la garganta, sequísima y metálica. Siento como si mis huesos perdieran su rigidez, plegándose y propiciando un desmoronamiento. El sentido de la catástrofe me aplasta. Me recompongo apenas para decirle que puede llamarme a cualquier hora. Lo sabe. Tal vez podamos ir a verle un fin de semana de noviembre.

Luego me siento ante el ordenador y busco fotos de Magdalena, a quien nunca más volveré a ver.

Nunca, aunque eso todavía no me parezca posible.

Los cuatro en la playa y en el jardín de su casa, ese mismo verano. Leyendo poemas en un festival en Italia. Con sus hijas en el Rajastán, Namibia o las Islas Galápagos. Con Alfonso, abrazados y besándose. Ella sola, las más de las veces guapísima, siempre riendo feliz.

La gran protectora. La gran protectora de todos nosotros.

Entonces retorna el llanto y considero la existencia del mal y del diablo, con sus cohortes de inefables monstruos dañinos y rabiosos, blandiendo tridentes sobre el humo negro que emana del hervor fétido de las calderas.

Aplasto un cojín contra mi rostro, como si eso fuera a detener el dolor, y las arcadas, y pulverizar esa tristeza infinita que ahora es el mismísimo mundo, a pesar de las hojas naranjas y amarillas, de las elegantes zetas del cielo, o de las risotadas contagiosas de Deirdre, tan alegre y amorosa hace apenas un rato en el que el mundo parecía estar bien hecho.

Recuerdo entonces los años que pasamos juntos en Barcelona. Y aquellos veranos lentos, lentísimos incluso, en Mallorca. Veranos de pinos y cigarras.

Aquellos años en que conocí a la muerte. Un conocimiento prematuro, sé ahora, que me propulsó hasta aquí, a donde llegué tocado y con el rabo entre las piernas.

Aquí, donde me esperaba Mark, quien por fortuna regresaba mañana.

Llega entonces una cascada de wasaps:

Darling, will call you later

In the middle of things

What happened?

Hope u r ok

Miss u a lot

Love u

XXXXXXXXXX

Let's stay in all day tomorrow

El embajador y la corista

Cuando en septiembre de 1919 llegaron las noticias, los responsables regionales de la política catalana, todavía frustrados y descontentos con el fracaso de su proyecto de Estatuto de Autonomía, finalizado a principios de aquel mismo año, prestaron mucha atención. Unos meses después, y visto que aquella aventura, en principio anómala y descabellada, parecía consolidarse, tal vez porque nadie en Europa deseara nuevas campañas bélicas tras la aceptación alemana del armisticio, decidieron enviar un representante que actuara de observador. El *Sinn Féin* irlandés ya lo había hecho, y también los independentistas indios y egipcios. Les constaba que el Imperio Británico tenía espías sobre el terreno para averiguar qué hacían todas aquellas delegaciones diplomáticas de países sin estado en un lugar del que nadie antes oyera hablar.

No todo el mundo en Barcelona estuvo de acuerdo. Algunas voces disidentes consideraban a Gabriele d'Annunzio un exaltado y peligroso defensor de la guerra, pero una mayoría veía su experiencia en Fiume como el surgimiento de una nueva grieta capaz de alterar mapas y fronteras, y por tanto también la historia, tal y como anhelaban con aquella vehemencia. El mismísimo Imperio Austrohúngaro, nada menos, acababa de resquebrajarse. Era posible que tuvieran algo que aprender de aquella creación inesperada de un nuevo estado laboratorio por pequeño que fuera. Se trataba de una sola ciudad realmente. El caso es que nadie le había parado los pies a d'Annunzio, al menos de momento, ni siquiera los franceses o los británicos, y sus seguidores le veneraban y le obedecían con entusiasmo. Algunos de los políticos catalanes, los más interesados en Fiume, consideraban la vía unilateral como una opción teñida de heroísmo, si no la única posible. No cabía duda, se decían, de que les faltaban héroes, como aquel carismático militar tuerto, esteta del destino y literato de enorme proyección transnacional. Ojalá tuvieran un poeta como él, capaz de galvanizar a su pueblo con palabras y de lanzarle a las calles sin temer ni a la represión ni a la sangre. Querían su propia versión de una sublevación patriótica. *Catalunya o la mort.*

Llorenç Bou, originario de Campanet, en la isla de Mallorca, fue el improbable hombre elegido. Tenía poco más de treinta años, y era soltero, trabajador y muy ambicioso. Se había licenciado con matrícula de honor en la Facultad de Derecho de Barcelona. Poco después había comenzado a destacar en la política catalana, y había pertenecido al grupo de técnicos que redactó el fracasado Estatuto. Hasta aquí bien. Su físico, sin embargo, tenía poco de heroico. Era bajito, obeso y prematuramente calvo. Bizqueaba y llevaba gruesos anteojos, sudaba al más mínimo esfuerzo y era muy peludo. Sus grandes manos desproporcionadas parecían las garras de un oso. Por otra parte, sus modales eran amables y pausados, y destacaba como negociador. Era también un hombre de misa diaria que inspiraba confianza. No se le conocía vicio alguno. En su época de estudiante había sido una rata de biblioteca y era autor, además, de un libro de sonetos arcaizantes, enaltecedores del paisaje catalán desde perspectivas simbólicas, y repletos de fervor mariano. La prensa se había ocupado del poemario, tal vez por las buenas relaciones del autor con el poder local, aunque luego apenas hubiera encontrado lectores.

La madre de Llorenç, Catalina Adrover, había enviudado joven. Después había mimado mucho a su único hijo, a quien vistió de almirante en su primera comunión. Ideó planes ambiciosos para su futuro. El padre de Catalina había sido un muy querido alcalde en el pueblo, y ella recordaba con agrado cómo todos le demostraban respeto siendo todavía una niña con tirabuzones. Su marido, Miquel, era el muy apuesto heredero de una familia de terratenientes, pero no había destacado en nada, salvo por sus serios problemas con la bebida. Su hígado sucumbió pronto a la cirrosis, que le tiñó el rostro de un deslucido amarillo. Así que, tras el funeral y el entierro, Catalina afrontó con indiferencia su nueva soledad. Quiso que su hijo estudiara en Barcelona porque allí veía su futuro de gran hombre de estado. Catalina hablaba mal el castellano y desconfiaba de los mallorquines que hablaban por costumbre aquel idioma, que consideraba inflexible y en exceso emocional.

Llorenç había llegado a Barcelona para iniciar sus estudios llorando sin consuelo. Añoraba a su madre y a su perro Belisario, un *ca de bestiar* noble que le habían regalado siendo un cachorro. Pronto, sin embargo, y a los pocos meses de su llegada, se dio cuenta de que se había enamorado de la ciudad. Le encantaba pasearse por las Ramblas y por el Ensanche. Las casas de pisos del nuevo barrio le parecían verdaderos palacios.

A Llorenç también le gustaba la música y frecuentaba el Liceo, donde no se perdía ninguna ópera italiana. Dada su afición, se había puesto a estudiar el italiano, lengua que habló pronto sin dificultad, lo que fue considerado determinante cuando le escogieron para ir a Fiume, al igual que creyeron pertinente su breve trayectoria literaria, algo que podría servirle para simpatizar con d'Annunzio. Llorenç chapurreaba también el inglés y el francés, que había aprendido por su cuenta. Tenía facilidad para los idiomas.

En la facultad había penetrado enseguida en ambientes nacionalistas. Uno de sus amigos le convenció para que se uniera a la *Lliga Regionalista* y, más tarde, al *Comité Pro-Cataluña*, cuya finalidad era internacionalizar el pleito catalán. Su compromiso y sus actividades le llevaron a tratar más de una vez a Prat de la Riba, cuya muerte reciente consideró una catástrofe para el proceso independentista, y conocer también a Francesc Cambó y a otros líderes de la causa.

Llorenç sentía una gran curiosidad por todas las cosas, y en cuanto pudo viajó a París, Madrid y Londres, considerándose por ello un experimentado hombre de mundo. Su madre había recorrido la península en su viaje de novios, pero ni antes ni después había salido de la isla. Cuando Llorenç le escribió para contarle la misión que le había sido encomendada, Catalina pensó que no eran gran cosa, pero viendo a su hijo tan orgulloso no quiso desanimarle. Le dio la enhorabuena y le deseó grandes éxitos, preocupándose de que llevara consigo la ropa más apropiada, tanto para el clima de aquel lugar desconocido como para las responsabilidades inherentes a su cargo. En su opinión, Llorenç dejaba mucho que desear en la elección de su vestimenta y su compostura general.

Se preparó a fondo, leyendo, para empezar, todos los libros de Gabriele d'Annunzio que pudo encontrar. Su novela favorita era *El inocente*, y su final, en la que un padre deja morir a un bebé que cree que no es suyo, le había impresionado mucho. Él, que no tenía hermanos, no había sentido celos nunca, pero creyó comprender la fuerza de aquel sentimiento enfermizo. En su conjunto, además, d'Annunzio le pareció un escritor excelente, tal vez el mejor que nunca hubiera leído, por más que sus temas le resultaran osados y escandalosos, sobre todo en ese misterioso terreno sexual y moral. Llorenç no tenía ninguna experiencia relevante al respecto, algo que, a su madre, que lo adivinaba, le preocupaba, temiendo una explosión emocional difícil de controlar. Su inocente hijo estaba ya en edad de casarse, pero cada vez que se lo sugería se sonrojaba, suplicándole que abandonara ese tema tan íntimo y que le resultaba molesto.

Llorenç apenas le había tocado el culo a Carmeta, la chica que trabajaba en el colmado de su pueblo, y esta le había dado una fuerte bofetada. Llorenç, que había mantenido aquel percance desestabilizador en el más absoluto secreto, se masturbaba con aquel recuerdo en mente, turbándole que le excitara tanto la sensación de humillación.

De camino a Fiume, Llorenç pernoctó en Niza, donde estuvo en un casino, fascinado con la elegancia de las mujeres que allí apostaban bebiendo champán, y en Milán, donde contempló maravillado *La última cena* de Leonardo. Nada, sin embargo, le impresionó tanto como Venecia, donde se detuvo un día más de la cuenta sin tener autorización. Quiso admirar algunas de sus innumerables joyas artísticas, así que escribió a Barcelona para decir que se había indispuesto, sorprendiéndose a sí mismo por no sentir remordimiento alguno a la hora de mentir a sus superiores.

Estaba viviendo la gran vida. Aquella era su oportunidad y no iba a desperdiciarla. Creía que el fin justificaba los medios.

Llegó a Fiume en barco desde Venecia, y se hospedó en el mejor hotel de la ciudad, situado en su mismo centro, aunque le habían advertido de que fuera con cuidado con el dinero y fuera moderado en sus gastos. Nunca se había alojado en un lugar tan lujoso y la experiencia le entusiasmó. La habitación estaba adornada con dos grandes arañas de cristal de roca, brocados suntuosos y gran profusión de dorados. Una alfombra persa de intrincado diseño cubría el suelo, y las grandiosas butacas de terciopelo rojo, con unicornios y leones alados tallados en sus reposabrazos, le parecieron dignas de los más exagerados patrimonios de la más rancia de las noblezas.

El hotel estaba enfrente del Palacio de la Gobernación, un majestuoso edificio decimonónico de estilo neorrenacentista, que había sido construido como símbolo del poder húngaro. Le habían informado que d'Annunzio proclamaba discursos diarios desde el balcón de aquel palacio, que era también su residencia. Aquellos discursos eran actos multitudinarios que acababan con grandes vítores y ovaciones. Tenía la intención de estudiarlos con detalle para mejorar sus habilidades oratorias.

Al día siguiente, y después de ser testigo impactado de uno de aquellos discursos, Llorenç entró en el Palacio para solicitar una audiencia llevando sus credenciales. Le dijeron que d'Annunzio no podía recibirle, pero logró verse con su secretario, un aviador, que por lo visto también era artista, llamado Guido Keller, que a Llorenç le pareció un exaltado hombre de acción de físico impactante. Sus ojos negrísimos y una barba muy poblada le daban un aire salvaje. Discutieron un buen rato acerca de la situación catalana, sin que le pareciera a Llorenç que a Keller le interesara ni lo más mínimo. Al despedirle, este le comunicó que le contactarían en su hotel en cuanto encontraran un hueco en la agenda del Comandante, pues así llamaban a su líder.

Gabriele d'Annunzio había ocupado la ciudad, que según los tratados firmados al fin de la guerra pertenecía al nuevo estado de Yugoslavia, seguido por dos mil soldados leales, furiosos porque no estaban de acuerdo con lo que establecían los tratados. Consideraban que Fiume era una ciudad italiana, aunque hubiera pertenecido antes al Imperio Austrohúngaro. Las grandes potencias decidieron que aquel era un problema interno italiano y se lavaron las manos. La situación atrajo de inmediato a aventureros de todo el mundo, incluidos comunistas, anarquistas y sindicalistas, además de exaltados contrarios al sistema de representación parlamentaria que glorificaban la disciplina militar jerárquica. Fiume se convirtió en un laboratorio de ideas. Todo era posible.

Llorenç conoció allí a numerosas personas interesantes. Entre ellas se encontraba un brillante y excéntrico aristócrata inglés, sir Osbert Sitwell, quien le fascinó por su hilarante sentido del humor y su capacidad inagotable para mantener conversaciones inteligentes. Sir Osbert, no obstante, se había reído de él cuando le habló de los planes para la independencia de Cataluña. Mientras bebían *chianti* en el bar del hotel, y después de disculparse por considerar ridículo su proyecto político, sir Osbert le contó todo lo que se decía sobre el «pintoresco *showman*» que gobernaba la ciudad, quien se desplazaba a todas horas acompañado de dos cámaras cinematográficas cuya función era documentar sus actividades para la historia. Se pensaba que acabaría ocupando Roma con su ejército de legionarios, para deponer al rey y autoproclamarse Dictador de toda Italia, un país que día a día se mostraba más inestable.

Sir Osbert también le sugirió las cosas que podía hacer en la ciudad. Su arquitectura recordaba a la de Venecia, con pequeños callejones estrechos, campaniles esbeltos y delicados, y bellas fachadas de distintos estilos arquitectónicos, del bizantino al barroco. Los cafés estaban llenos a todas horas y en los balcones de los edificios se veían pancartas con el lema «Italia o la muerte», el eslogan del que querían apropiarse algunos de sus superiores, además de retratos del Comandante con monóculo, condecoraciones y distintos uniformes de gala.

El ambiente era cosmopolita, y aunque el italiano fuera el idioma que más se oía, también se hablaba croata, húngaro, serbio, alemán, bosnio, esloveno, griego o montenegrino. Con lo fácil que sería obligar a todos a hablar un mismo idioma, pensó Llorenç al respecto. La represión era necesaria, creía, para la construcción de un sentimiento identitario.

Había gente originaria de muchos lugares. Soldados y mercenarios jóvenes que por las noches bebían más de la cuenta, se peleaban, e intimidaban a los civiles, sobre todo si no hablaban en italiano. Aquellos hombres se asemejaban a piratas, y cultivaban las excentricidades. Sus peinados eran inusuales y gastaban casacas abiertas y camisas desabrochadas, mostrando sus pectorales bronceados y peludos. Llevaban también dagas pendiendo de sus cinturones. Cantaban a todas horas canciones de combate e himnos que alababan la juventud: *Giovinezza, giovinezza, primavera di bellezza...* El ambiente era bélico y militar pero también carnavalesco y celebratorio. La calle era suya, pertenecía a la turba, y eso también le pareció a Llorenç algo interesante, un modelo a imitar.

Como toda ciudad portuaria, Fiume estaba repleta de burdeles, que en aquellos momentos de testosterona rampante hacían su agosto. Sir Osbert le dijo a Llorenç que era del todo adecuado visitar aquellos antros, frecuentados también por las autoridades del lugar sin disimulo alguno. Habían llegado prostitutas exóticas de lugares como Armenia, Etiopía o Albania y la diversión estaba garantizada. La homosexualidad también se toleraba sin problemas, si es que aquella resultaba ser su orientación.

Llorenç, que prestó mucha atención a todos estos informes, se dirigió a los bares del puerto sin acompañantes, sintiendo una innegable curiosidad. Entró en un lugar llamado *Paradiso*, donde consiguió una buena mesa frente al escenario. Había bebido más de la cuenta durante la cena, así que se sentía eufórico y valiente.

Nada, sin embargo, le había preparado para lo que iba a sentir aquella noche iniciática.

Quedó infatuado por una cantante bellísima, cuyo nombre artístico era Lily de Montrésor, tan pronto salió esta al escenario. Era rubia y de curvas voluptuosas. Cantaba con gran talento y voz ronca, al tiempo que fumaba y bebía aguardiente, canciones picantes en francés muy ligera de ropa. Llorenç se quedó inmóvil, mirándola embrujado. Nunca había visto nada igual, tal y como corroboraban las arritmias caóticas que configuraba su corazón desbocado.

Al final de la actuación, Llorenç le dio al camarero su tarjeta, diciendo que quería conocer a madame de Montrésor. Este le informó de lo que le costaría verse a solas con ella, y Llorenç se sorprendió a sí mismo dándole los billetes que le pedía sin dudarlo ni un segundo.

Lily le recibió retocándose el maquillaje frente al espejo, más expuesta todavía de como se había mostrado en el escenario. Su camerino olía a perfume y por doquier se veían montones de ropa interior. Extrañas prendas rosas, rojas, blancas o negras, bordadas con encajes delicados, y evocadoras de un universo pecaminoso. La visión de todo aquello, sumada a la de su propietaria casi desnuda, le produjo a Llorenç una erección inmediata.

A Lily le divirtió ver el efecto que causaba en aquel hombrecito gordo que se declaraba embajador de un país inexistente en algún lugar de España, y que sólo tenía palabras de admiración para ella. Decidió llevárselo a su casa. Se vistió sin prisas, exhibiéndose provocadora.

Antes de salir sacó una cajita de oro de un cajón de su tocador y vació su contenido blanco sobre un espejo. Después, aspiró una raya de aquellos polvos por la nariz y le ordenó a Llorenç que hiciera lo mismo. Este no se atrevió a contradecirle y al poco se sintió mejor que nunca.

Lily, que seguía siendo increíblemente atractiva una vez vestida, vivía con dos doncellas en una gran mansión, en una calle apartada y discreta. La casa estaba llena de flores, porcelana y objetos de bronce y de plata, mostrando un nuevo mundo lujoso, semejante al que había descubierto en el hotel, pero todavía más abarrotado, del todo alejado del ambiente austero en el que había crecido y cuya memoria le resultaba ahora embarazosa.

Se arrodilló frente al sofá sobre el que Lily se había dejado caer y comenzó a besarle los pies sin poder contenerse. Llevaba las uñas pintadas de verde. Su olor desagradable le cautivaba.

Lily resultó tener un gran talento para la enseñanza de las artes amatorias, aunque aquella primera experiencia no se prolongara mucho. Su impacto, sin embargo, iba a ser transformador y permanente.

Cuando Lily le dijo que tenía que irse porque tenía otros compromisos, se sintió perdido. Sólo aceptó largarse cuando la mujer le aseguró que volverían a verse al día siguiente, si era eso lo que quería.

Se vieron, de hecho, varias noches seguidas. Las suficientes para que Llorenç descubriera lo que era el amor y los celos.

Para empezar, estaba el insomnio. Había perdido toda su capacidad de concentración. Tan sólo añoraba a todas horas aquel cuerpo blanco, mullido y perfumado al que sólo tenía acceso durante un rato cada día, cuando ella se sentaba sobre él, cabalgándole como si fuera un potro, mientras le abofeteaba y profería palabras obscenas que le excitaban mucho.

A Llorenç le encantaba sentirse su esclavo. Se decía, y le decía, que era capaz de hacer por ella cualquier cosa que le pidiera. Le compró joyas para demostrarlo, gastándose pronto todo lo que tenía para cubrir los gastos de su misión, y olvidándose de que no todos la habían considerado necesaria.

D'Annunzio, por fin, tal y como le habían anticipado, resultó ser un gran seductor. Su mirada era segura, y desprendía autoridad, pero era también próxima y amistosa. Bromeaba, y le daba continuas palmadas en el hombro, como si fueran camaradas de años. Le escuchaba, además, como si le interesara mucho lo que tenía que decirle, aunque sólo después de haberle explicado antes lo que estaba aconteciendo en Fiume. No deseaba la independencia de la ciudad. La ocupación que lideraba quería señalar precisamente su dependencia con Italia. Aclarado este punto, y salvando todas las distancias, Llorenç le preguntó si apoyaría públicamente una supuesta independencia catalana y, también, si tenía algún consejo que pudiera servirles para llegar a la misma. El poeta militar fue claro y directo. Le dijo que admiraría de corazón una gran victoria bélica. El sacrificio y la lucha formaban parte de los mitos de identidad nacionales, y con toda probabilidad eran tan inevitables como deseables. España era el resultado de uno de los grandes relatos de la historia, y estaba por ver cómo podrían competir con eso.

Entonces, como si estuviera agotado por la conversación, o le resultara tediosa, se levantó para dar de comer a una cacatúa que no dejaba de chillar y de moverse en el interior de una jaula chinesca.

Llorenç escribió a sus superiores explicando a su manera los detalles del encuentro. Exageró más de la cuenta la voluntad de compromiso de d'Annunzio con su causa, lo que hizo para justificar la supuesta necesidad de permanecer allí el máximo tiempo posible. D'Annunzio les aconsejaba que proclamaran la independencia y que la guerra, si se llegaba a ese punto, era una acción gloriosa, bella y virtuosa. Cuanto más difícil les fuera independizarse más grande sería la posterior admiración que obtendrían del resto del mundo. Por otra parte, añadió Llorenç, la vida allí era muy cara, algo a tener en cuenta, llegado el caso, si su país se emancipaba y quedaba aislado entre España y Francia. Había escasez de víveres y uno se veía obligado a recurrir al mercado negro, pagando cantidades ridículas por bienes de consumo cotidiano. Por las joyas de Lily, algo que por supuesto no desveló, había pagado una cantidad escandalosa.

Tras redactar su informe, satisfecho consigo mismo, Llorenç se fue a almorzar con sir Osbert, su nuevo amigo. *El ornitorrinco*, adonde fueron, tenía la reputación de ser el mejor restaurante de la ciudad. El Comandante lo frecuentaba con sus amigotes, habiendo popularizado un cóctel llamado *Sangre*, que allí se servía, a base de coñac de cerezas. Después de probar ese brebaje, que sir Osbert consideró infecto, a modo de aperitivo, pidieron alcachofas, pasta *all'amatriciana* y *ossobuco alla milanese*, que regaron con un vino de Cerdeña al tiempo afrutado y mineral.

Llorenç que le contó su encuentro con el Comandante en dos minutos, le aburrió después con su historia amorosa sin salirse en sus detalles de los límites de la decencia. Sir Osbert, algo impaciente, le dijo que nunca había que enamorarse de una fulana, una regla de oro que recogía la sabiduría tradicional en cualquier parte del globo. Llorenç insistía, sin embargo, en que sus sentimientos eran únicos, tal y como lo era aquella mujer sin parangón.

Como cada noche, Llorenç fue a ver la actuación de su adorada, quien aquella noche incorporaba nuevas canciones a su repertorio. Después, fueron juntos a su casa y retozaron alegremente.

Cuando Lily le ordenó que se marchara, Llorenç se quedó oculto entre las sombras de la calle. Quería saber dónde iba por las noches cuando le dejaba.

Lily salió al poco rato acompañada de una de sus doncellas; llevaban sombrero y velo para impedir que alguien las reconociera. Las siguió de lejos, con gran discreción, hasta nada menos que una puerta trasera del Palacio de la Gobernación. Entraron, y Llorenç decidió montar guardia, cada vez más histérico, toda la noche.

Fue entonces cuando perdió la cabeza. El corazón le latía con fuerza y lloraba desolado. El cuerpo le temblaba y le dolía. Le costaba respirar. Había pensado por primera vez en lo que estaba haciendo, y cómo se había gastado todo el dinero que le habían asignado sin ninguna justificación. Se daba cuenta de que no podía regresar ni a Barcelona ni a Mallorca. El futuro que veía era todo negro.

Se sentó en el suelo en una esquina oculto entre las sombras.

Por primera vez pensó lo que diría su madre.

Lily, por su parte, no volvió a aparecer hasta poco antes del alba. Su doncella se había presentado entonces para esperarla y acompañarla de regreso a su casa.

Para entonces Llorenç estaba histérico y agotado.

Así que Lily también se acostaba con el Comandante. Un duelo, por consiguiente, no sería la mejor opción, ya que se trataba de un militar con una notable experiencia en el uso de las armas, incluso faltándole un ojo. Se sabía que este tenía muchas amantes, incluida una pianista amiga de sir Osbert, y a quien este consideraba «deliciosa», así que tal vez no fuera difícil que se olvidara de Lily en algún momento. Llorenç había decidido durante las horas de espera que la mejor opción era pedirle a Lily que se casara con él y regresaran juntos a Barcelona, o si lo prefería, a Mallorca. No quiso considerar reacciones contrarias ni de sus colegas ni de su madre, quien a fin de cuentas siempre le había permitido todo lo que había querido. Una vez que estuvieran casados no tenían por qué divulgar el pasado de su esposa. Y a él no le importaba lo que pudiera decir la gente.

Llorenç permaneció oculto mientras Lily se alejaba con su criada, No se atrevió a montarle un escándalo. Se consideró un hombre ridículo pero no estaba dispuesto a tirar la toalla.

Lily soltó una gran carcajada cuando Llorenç le pidió la mano. Él se sintió humillado. Su negativa, y la forma en que consideró del todo ridícula su oferta, le pareció terriblemente insultante. Le había dolido hasta los huesos. Se fue dando un portazo, tras insultarla gritando, algo de lo que se arrepentiría más tarde.

Llorenç volvió al *Paradiso* al día siguiente, pero le fue denegado el acceso al camerino al final de la actuación. Aquello se repitió varias noches, hasta que un día, desesperado, comenzó a gritar protestando. Fue arrastrado al exterior. Allí dos hombres le dieron una paliza. No sólo perdería un diente: le vetarían la entrada para siempre.

Cuando llegó al hotel, aquella noche, no se reconoció en el espejo. Se puso a llorar, dándose por primera vez cuenta de la situación desastrosa en la que estaba.

Por la mañana, además, le llegaron nuevas instrucciones de casa, donde habían llegado algunos rumores acerca de su vida disipada. Le ordenaban que regresara de inmediato. Le decían, además, que Fiume se estaba convirtiendo en un lugar peligroso y el dinero que Llorenç reclamaba estaba fuera de toda lógica. Le exigían que entrara en razón.

Llorenç se puso nervioso. No tenía ni para pagar el hotel, donde se estaba alojando a crédito desde hacía unos días, ni para el viaje de vuelta. Se lo había gastado todo. Dando pasos de un lado a otro en su habitación del hotel se sentía como un gato enjaulado y herido.

Por fin, supo lo que tenía que hacer. Iba a conseguir una de aquellas dagas.

Fue a esperarle salir, al alba, por la entrada trasera del Palacio de la Gobernación.

El corazón le latía con fuerza y era incapaz de concentrarse en nada que no tuviera que ver con su propósito.

Lily le miró con odio antes de morir degollada, sacando fuerzas para clavarle las uñas en la mejilla.

Le llamó payaso y esa fue su última palabra.

La doncella había chillado con una potencia perturbadora, y el mismo d'Annunzio, alarmado por aquellos gritos, había abierto la puerta del Palacio.

Llorenç no se resistió.

En el calabozo recuperaría su fervor mariano.

Cuando le trajeron el almuerzo tras pasar su primera noche en prisión, un engrudo intragable espolvoreado de orégano y parmesano rancio, le dijo al carcelero que aquello tenía que ser un error. No sabían con quién estaban tratando.

El centinela retiró la bandeja parodiando con sorna una gran reverencia.

El oso hormiguero y el Maserati

Mamá se fue a vivir al Brasil al final de las vacaciones del verano de 1954. Tenía cuarenta y dos años. Nosotros éramos adolescentes, así que no entendimos los verdaderos motivos de la separación.

La única hermana de mamá, Isabel, condesa de Benafarces y Lobones, vivía en Río de Janeiro. Estaba casada con un banquero portugués y llevaban un tiempo viviendo en Sudamérica. Isabel estaba enferma, incapaz de sostenerse en pie o de caminar, así que la abuela nos dijo que mamá se había ido para ayudarla, y que estaría fuera de casa mucho tiempo. Papá dijo, sin embargo, que mamá estaba loca, que ya no nos quería y que nunca más volveríamos a verla.

Les oímos discutir la última noche que pasó en casa. Era la primera vez que gritaban, al menos que supiéramos. Papá se las arregló para romper el espejo que colgaba sobre la chimenea del salón, estrellando contra él una orquídea de cristal negro de Lalique que mamá adoraba, y que también se hizo añicos. Nunca nos atrevimos a preguntar nada.

Por la mañana, ya en la puerta, mamá se giró para darme un último abrazo mientras mis hermanos lloraban en sus habitaciones y papá se encerraba en su despacho. Sólo me acompañaba el servicio. Mamá me besó una y otra vez, y al apretar sus mejillas contra las mías, sentí el sabor salado de sus lágrimas. Le di mi posesión más preciosa, un elefantito de marfil que tío Carlos me había traído de Kenia. Mamá se lo guardó en el bolso antes de entrar en el coche que le esperaba. Se iba con una única maleta, casi vacía. Llevaba un vestido amarillo ajustado, y una rebeca beis de cachemir. Olía a limón y a lavanda.

En el coche se dio la vuelta para verme y nos miramos a los ojos, sin movernos, hasta que su imagen se difuminó del todo, allá por el bosquecillo de nogales que había que atravesar para llegar a casa.

Aquel final del verano fue terrible. No dormía, y cuando lo hacía tenía pesadillas. Tuve mis primeros ataques de asma y me meaba en la cama. Mis hermanos y yo paseábamos por la casa despacio y en silencio, como si estuviéramos en un castillo abandonado y no quisiéramos convocar a sus fantasmas.

Papá estaba de mal humor y nos reñía por cualquier cosa. Me prohibió incluso que tocara el piano cuando él estuviera en casa. Y las cosas no mejoraron al comenzar el curso. En el colegio cuchicheaban cuando nos veían a mí y a mi hermano. Todo el mundo se había enterado de lo que se consideraba un gran escándalo. Un día me peleé a puñetazos con Antoñito López de Haro, quien había dicho en voz alta que mamá era una zorra. Me llamó el director a su despacho y estuve expulsado una semana.

Mamá no era una zorra. Era pintora y había vivido en París a principios de la década de los treinta, donde había tratado a Salvador Dalí y al poeta André Breton. Eso era todo lo que sabíamos en casa de aquellos años, un tiempo secreto. Cinco años después de su marcha, sin embargo, encontré un álbum de fotos en el altillo donde pintaba y que estaba entonces lleno de trastos, bajo una capa de polvo y telarañas, incluidos numerosos lienzos sin terminar y sus utensilios de pintora. En las fotos de aquel álbum se veía a mamá radiante y sonriente, siempre rodeada de otras mujeres. Una de ellas aparecía en muchas de las fotos. Las dos llevaban turbantes, sombreros, fulares o echarpes, además de joyas vistosas y brazaletes enormes, y fumaban en boquillas larguísimas. En la foto que más me gustaba las dos miraban a la cámara muy maquilladas, riéndose abrazadas y con las cabezas tocándose por la frente. Parecían felices y estaban guapísimas. Ambas llevaban los mismos pendientes *déco* en forma de abeja.

Después de su marcha, mamá nos escribiría siempre a los tres recordando nuestros cumpleaños. Acompañaba sus breves notas de felicitación con pequeñas acuarelas de flores que yo coleccionaba. Jamás nos explicó nada de su vida más allá de generalidades ambiguas o difusas. Sólo cuando la tía Isabel volvió a Europa, instalándose en Lisboa después de pasar por Santander, tuvimos noticias de primera mano de mamá, quien nos envió un montón de regalos. Averiguamos que vivía en una casa muy bonita y se nos dijo que todo le iba bien.

Llegamos a acostumbrarnos a su ausencia y a no hablar nunca de ella, pero hacerlo nos marcaría para siempre.

Unos años después, cuando logré convencer a papá, apoyado por mi profesor de piano, fui a estudiar al Conservatorio de París, donde conocí a Begoña. Aquellos años volvieron a ser felices. Por primera vez en mucho tiempo no me sentía solo y encontré, además, en el trabajo, las páginas de música que escribía, una forma de ordenar mi espacio en el mundo.

Cuando nos casamos, un año después de la muerte de papá y de la abuela, que había fallecido poco antes, decidí visitar a mamá. Era 1966 y acababan de estrenar una de mis sinfonías en el Royal Concert Hall de Londres con un considerable éxito crítico. Aquel viaje al Brasil sería también nuestra luna de miel.

Ángeles y Borja siempre estuvieron de parte de papá, así que se opusieron a aquel viaje. Lo consideraban una traición. Borja dijo que estaba claro que yo había odiado a nuestro padre toda mi vida, lo cual no era cierto. Lo que sí lo era es que cuando papá se enfadaba conmigo me decía que había salido a mamá y que, como ella, dedicada a pintar estúpidas flores tropicales, yo sería siempre un inútil, escribiendo músicas extrañas y disonantes que sólo podían gustarles a los comunistas. No ayudaba que yo también hubiera vivido en París y hablara siempre de irme de Santander. Ángeles, que era la más joven, mentía diciendo que no recordaba a mamá, pero la realidad era que se sentía incapaz de perdonarle que nos abandonara.

Antes del viaje estuve nervioso. Creo que no me hubiera atrevido a partir solo. Begoña aseguraba que era necesario. Y yo me acordaba, para animarme, de aquellas deliciosas tardes veraniegas cuando me sentaba al piano con mamá y tocábamos juntos a cuatro manos. A los dos nos gustaba la música de Debussy. Aquellos habían sido los momentos más felices de mi infancia.

Mamá nos recogió en el aeropuerto. Era una mujer elegante y atractiva. Se veía que había sido muy guapa. Lucía el pelo recogido en un moño bajo perfecto. Estaba bronceada y llevaba un vestido sin mangas, estampado con rombos de distintos tonos azules, y gruesas gafas de sol de concha de color ámbar.

Me abrazó con fuerza durante un rato y me acarició la cabeza, despeinándome, sonriendo sin decir nada. Llevaba el elefantito de marfil colgado de una cadenita de oro.

Después besó a Begoña. Me pareció que se gustaron de inmediato.

Mamá conducía un Maserati rojo. Apenas cabíamos en él con nuestro equipaje. Por el camino, nos dijo que Marcia nos esperaba en casa. Nunca habíamos oído hablar de ella. Begoña, que estaba en el asiento trasero, me puso la mano en el hombro. Los dos estábamos excitados, a pesar del cansancio tras el largo viaje. Hacía mucho calor, pero todo nos parecía maravilloso. Era de noche, así que las cosas resultaban misteriosas. Mamá conducía de prisa, hablaba en voz alta, dando información sobre los lugares por los que pasábamos, y se reía fácilmente a carcajadas de una forma que no recordaba. Era la misma, pero también alguien distinto.

Cuando Marcia salió a abrirnos la puerta reconocimos a la mujer de los pendientes en forma de abeja.

La casa era una mansión del siglo XVIII, estaba en lo alto del barrio de Santa Teresa. Tenía un jardín inmenso lleno de árboles, flores y gatos, además de una piscina larga y estrecha. Nuestra habitación estaba en lo alto de la torre de aquella casa. Comimos dulces y frutas, y hablamos de cosas intranscendentes antes de que mamá nos ordenara que nos acostáramos y descansáramos.

Begoña y yo nos duchamos juntos e hicimos el amor bajo el agua.

Cuando nos despertamos descubrimos que teníamos una vista maravillosa de toda la ciudad, con el océano a lo lejos.

Durante el desayuno mamá quiso que le hablara de mis hermanos. Los dos tenían pareja y anunciaban ya sus inminentes bodas. Borja estaba a punto de comprarse un piso en el paseo de Pereda. Los dos trabajaban en el negocio de papá. La prometida de Borja estaba acabando medicina y el novio de Ángeles era un abogado de Oviedo. Le dije que todos la echábamos de menos y que sería estupendo que fuera a visitarnos. Mamá se sonrojó y esquivó mi mirada. Los dos sabíamos que no lo haría.

Me preguntó cómo era mi música, diciéndome que estaba orgullosa de mis éxitos recientes, de los que le había informado por carta. Le hablé de mis proyectos, estaba escribiendo mi primera ópera, y de los de Begoña, a quien le acababan de ofrecer el papel de Norma, un papel que mamá sabía era difícil, en una futura producción en la Arena de Verona.

Después, mamá nos llevó a dar una vuelta en su veloz Maserati rojo. Fuimos al centro y visitamos la Iglesia de la Candelaria y el Museo de Bellas Artes, comimos unos buñuelos de bacalao en la Confitería Colombo, y pasamos una buena parte de la tarde bebiendo cócteles en una de las terrazas del hotel Copacabana Palace, después de dar un largo paseo por aquella playa mítica.

Por la noche, durante la cena en el jardín de su casa, mamá nos habló por fin de su vida. Nos contó que el ambiente de Santander la había sofocado desde niña. No se trataba sólo del clima político de la posguerra, sino por la fuerza de las convenciones sociales. En París, donde había conocido a Marcia, había comprobado que el mundo era más grande. Y en Brasil había comprendido que todavía lo era mucho más. Aquel era un país que permitía imaginarse el futuro desde el presente.

Al llegar a Río se había puesto a dar clases en una escuela de arte. Allí descubrió que el surrealismo no era su verdadera vocación, al tiempo que se enamoró de las orquídeas, las heliconias y las bromelias. De niña le había gustado estar sola entre las hayas que rodeaban la casa familiar, cerca de Bárcena Mayor, donde daba largos paseos por los bosques acompañada por sus perros. En Brasil, hasta los más pequeños jardines eran exuberantes y repletos de especies desconocidas. Mamá se puso a dibujar las flores que le rodeaban. Era una manera de aprenderlas y de nombrarlas. Su trabajo era tan científico como artístico. Decía que las acuarelas permitían ver mejor las flores que una fotografía. Exponía y vendía sus dibujos en lugares especializados para ese tipo de trabajo, y seguía dando clases.

Marcia era una mujer amable, aunque reservada, y estaba atenta a todos los deseos de mamá, como si los adivinara antes de que ella los articulara o, incluso, concibiera. Tenían la misma edad, y también había sido guapa. Era discreta y nos dejaba solos cuando consideraba que debía hacerlo, y se preocupaba también por nuestro bienestar sin llegar a entrometerse. Era directora de investigaciones científicas en el Jardín Botánico de la ciudad, uno de los jardines botánicos con más especies del mundo.

Durante aquellos días inolvidables, mamá y Marcia nos llevaron de un lado a otro de la ciudad, visitando todas sus atracciones: el Corcovado y el Pan de Azúcar, los edificios coloniales portugueses, la Laguna, las playas de Copacabana e Ipanema, el Jardín Botánico mismo, o la casa donde había vivido el compositor Heitor Villa-Lobos, convertida en museo poco después de su muerte.

Por las noches invitaban a sus amigos a cenar, o estos nos recibían en sus casas. Marcia cocinaba de maravilla y nos preparó día tras día los distintos platos nacionales, de la feijoada a las moquecas bahianas. A las dos les encantaba la música, como obviamente a nosotros, y nos ponían discos recientes, aquellas noches, de una corriente brasileña llamada Tropicalismo, que mezclaba la *bossa nova* con el *rock* y la psicodelia. Begoña bailaba con ellas, después de cenar junto a la piscina y bajo unos farolillos de colores, mientras yo las miraba a las tres riendo. Nos dieron a probar marihuana.

Una noche, Begoña cantó las últimas cuatro canciones de Richard Strauss en la sala de música de la casa de Burle Marx en Barra de Guaratiba, acompañada por este al piano. Burle Marx era un arquitecto paisajista capaz de ordenar la jungla y que hablaba de su voluntad de introducir la modernidad en los jardines tropicales. Además, tocaba el piano y cantaba ópera.

Otras de sus amigas era una pareja formada por una poeta norteamericana llamada Elisabeth Bishop y una arquitecta brasileña, Lota de Macedo, que bebían y discutían todo el rato, tal vez porque ambas eran muy brillantes. Como Burle Marx, vivían en una casa maravillosa, en este caso diseñada por Lota.

Pero sobre todo veíamos a los Mee, Margaret y Greville. Margaret había llevado a cabo cinco expediciones por la selva, viajando casi siempre sola con un revólver Browning High Power de calibre 35, una mochila, una hamaca y materiales para pintar. Era una mujer de físico frágil, pero de un entusiasmo contagioso que de alguna forma la agrandaba. Nos contó algunas de sus aventuras por la Amazonia viajando en canoa, con un solo guía nativo, o en pequeñas e inestables avionetas. Durante sus expediciones tenía que dormir, muchas veces, en lugares infectos y había pasado hambre a menudo. También había contraído fiebres y se había enfrentado a situaciones hostiles, incluida una en la que se le había preguntado cuánto costaba. Era una de las primeras defensoras del medio ambiente y por tanto era odiada por los mineros, los madereros y los terratenientes con los que se encontraba. Todas estas cosas eran ineludibles, sin embargo, si quería pintar las flores en su ambiente natural. Margaret decía, entusiasmando a mamá, que para pintar las flores había que entrar en ellas. Y antes de entrar en ellas había que entrar en la selva. Cuando le pregunté si no tenía nunca miedo, me contestó que en la selva sólo había tapires y jaguares, animales mucho más bellos que las personas, aunque era cierto que le asustaban los mosquitos y las arañas. Y echaba de menos, en las expediciones, la *lemon pie* que preparaba los domingos en su casa.

Cuando describía los paisajes de la selva, desde las canoas o las avionetas, o paseando y viendo como la luz del sol atravesaba las espesuras de ramas, hojas y lianas, sugiriendo la tracería de una vidriera gótica en flujo permanente, Margaret entraba en trance, quedándose quieta y bajando la voz, como si contara un secreto nunca revelado o sugiriera un acertijo capaz de descifrar el sentido de las cosas. Mamá la escuchaba, también inmóvil, casi sin respirar ni parpadear, poseída por completo. Y todos los presentes veíamos cataratas impresionantes y mariposas delicadas; conventos llenos de monjas vestidas de blanco, en medio de la nada, y misteriosas huellas en las piedras dejadas por el diablo, según antiguas leyendas indígenas; o también loros de plumaje brillante y multicolor junto a vampiros nocturnos y negros; todo sintiendo en un momento la calma del mediodía, sesteando en las hamacas, o escuchando en otro el estruendo de los batracios, las aves y los monos aulladores. Los meandros de los ríos desde el aire se veían, en palabras de Margaret, como serpentinas enrolladas de plata.

Tras su primera expedición, expuso sus trabajos en el Jardín Botánico de Río de Janeiro. Allí había conocido a Marcia y a Roberto Burle Marx, quienes la ayudarían a planear nuevas expediciones. Las tres primeras fueron asuntos casi privados, pero después se convirtieron en proyectos de gran envergadura, llevados a cabo con el apoyo económico de importantes organizaciones botánicas internacionales. Su reputación iba creciendo, y sus obras ya se habían expuesto en Inglaterra y los Estados Unidos además del Brasil. Una bromelia, la *Neoregelia margaretae*, se llamaba así por ella, ya que era ella quien la había descubierto. Y, de hecho, llegó a descubrir con los años algunas especies más.

En aquellos momentos planeaba una nueva expedición y estaba a punto de cumplir los 60. Su intención era explorar el Demini, un importante afluente del Río Negro que marca el límite oriental del territorio Waika, cubriendo una zona que según sus fuentes tenía una flora increíblemente rica. Por otra parte, se acababan de mudar de Sao Paulo a Río, donde estaba organizando su nueva casa mientras se recuperaba de la hepatitis. También preparaba dos volúmenes enormes sobre las orquídeas brasileñas. Mamá la ayudaba en este proyecto y en muchos otros.

Mamá admiraba mucho a esta mujer, determinada y generosa, diciendo que ella no tenía ni su talento ni su valentía, cualidad esta última necesaria para internarse sola en la jungla con un revólver. Hablaba con modestia, porque sus trabajos también se exponían y celebraban.

Tal vez mamá era incapaz de abandonar a Marcia, aunque fuera por unas semanas.

Durante la última noche que pasamos en Río hablé por primera vez a solas con ella. Me contó que cuando mamá llegó estuvo dos años muy deprimida, culpándose por habernos dejado y deseando la muerte. Por fin había salido de aquel estado, tras pasar unos meses en el rancho que Marcia tenía en las montañas de Minas Gerais, y que esperaba visitáramos en nuestro próximo viaje. El rancho estaba en una zona ganadera, y sus laderas verdes, donde pastaban vacas y cebúes, le recordaban a mamá los paisajes de Santander. Allí crecían araucarias y se veían colibríes, zopilotes y tucanes. Había también bosques muy ricos en especies botánicas, y mamá había comenzado allí a pintar flores, como aquellas que nos enviaba para felicitarnos.

Después me quedé yo solo con mamá bebiendo en el jardín, escuchando discos de Sergio Mendes. Apenas hablamos, pero a los dos nos hubiera sido imposible dormir.

Nos acompañó al aeropuerto y prometimos volver lo antes posible.

Nos fuimos con cuatro acuarelas: una *Aechmea tillandsioides*, una bromelia común en las riberas del río Curicuriari; una *Rapatea paludosa*, una planta que crecía en los pantanos; y dos orquídeas, *Gongora maculata* y *Scuticaria steelii*. Dos para nosotros y dos para mis hermanos.

Pensaba ahora en mamá como una amiga.

Nos dijo que no volvería a España mientras gobernara Franco, pero yo regresaba feliz pensando en viajes futuros.

Sin embargo, nunca más volvimos a vernos.

Marcia nos escribió con las noticias. Mamá había tenido una recaída depresiva después de nuestra partida. Había empezado a beber compulsivamente. Quiso volver al rancho de las montañas donde se había repuesto la primera vez. Una noche habían salido juntas para cenar en la hacienda de unos vecinos. Las carreteras de esa zona no estaban asfaltadas, así que, si llovía mucho, tal y como lo hizo aquella noche, se tornaban intransitables con el barro. Debido al relieve orográfico tan pronunciado de la zona, los caminos tenían además cuestas y descensos muy marcados. Tras una curva, esa noche, apareció de pronto un oso hormiguero. El imponente animal se quedó inmovilizado, deslumbrado por los faros del automóvil, tan inapropiado para aquel tipo de terreno. Conducía mamá, quien trató de esquivar al animal. El frenazo sobre el barro hizo que perdiera el control. El Maserati se deslizó a gran velocidad hasta estrellarse contra el tronco de una araucaria. Mamá quedó chafada por el árbol, pero a Marcia no le pasó nada, más allá de unas ligeras magulladuras.

Volvimos al Brasil, para esparcir las cenizas de mamá en los bosques cercanos a la hacienda.

Marcia me dio el elefantito de marfil y me dejó escoger entre las acuarelas de mamá. Me dijo también que nuestra visita la había afectado mucho, revolviendo los sentimientos de culpa que siempre había sentido tras su huida de casa, a pesar de que esa hubiera sido la única opción posible en su día para evitar la tortura que fue su matrimonio. Después, nos escribimos cada año con Marcia, quien me daba noticias de los amigos de mamá, y nuestro tiempo en Brasil adquirió tintes de leyenda.

Lota y Elisabeth se separaron al poco tiempo de nuestro segundo viaje. Lota se suicidó, incapaz de soportarlo. Elisabeth volvió a los Estados Unidos, donde su prestigio fue creciendo año tras año.

Roberto Burle Marx se convirtió en uno de los grandes nombres de la arquitectura del siglo xx.

Margaret Mee falleció en 1988. Tenía 79 años y pocos meses antes había realizado su última expedición en la selva para pintar la flor de un extraño cactus, *Strophocactus wittii*. Se trataba de la llamada flor de la luna, de finos pétalos blancos y corola estrellada, y que sólo florece una noche durante la luna llena. Este fenómeno se produce una sola vez al año, aunque no todos los años, y había que calcular la fecha idónea para iniciar su búsqueda. Encontrar la planta no fue fácil, pero Margaret encontró finalmente algunos especímenes. Crecían en las riberas de los ríos.

Vio dos capullos abriéndose a la luna. Margaret los dibujó sentada sobre una silla plegable en la canoa, con miedo a que algún movimiento inoportuno pudiera volcarla, y ayudándose con una linterna poco potente, ya que una luz excesiva hubiera podido anular el proceso de floración. Las flores tardaron una hora en abrirse, despidiendo al hacerlo un perfume intenso y agradable. Margaret realizó varios bocetos con los que pudo terminar varias pinturas al regresar a su estudio.

Justo antes de aquella última expedición la habían operado de una cadera y vivía ya en Inglaterra. Murió allí de un accidente, poco después, siendo atropellada en un lugar tranquilísimo de la campiña inglesa, después de una vida de aventuras constantes en lugares remotos. Begoña y yo pensamos que su muerte tenía que ver con la imposibilidad de seguir haciendo lo que más le gustaba. Su ejemplo nos iba a inspirar siempre.

Marcia murió unos años después de Margaret.

En los setenta musiqué unos poemas de Elisabeth Bishop, los once poemas brasileños de *Questions of Travel* (1965), dedicados a Lota de Macedo, y que yo dediqué a mamá *in memoriam*. Fueron grabados interpretados por Begoña.

El primero de los poemas, titulado *Arrival at Santos*, sigue siendo mi favorito, y en él se describe la llegada de Elisabeth al Brasil en barco, fascinada y expectante, tal y como Begoña y yo nos sentimos al llegar a Río.

El poema empieza:

Here is a coast; here is a harbor;
Here after a meager diet of horizon, is some scenery...

En Brasil descubrí algo más que un país o un continente con sus puertos y sus costas. Descubrí quién era mi madre, y al hacerlo obtuve también una brújula que me permitió viajar hacia nuevos horizontes. Nuestra hija se llama como ella. Me enternece que se le parezca mucho.

El meridiano de la desesperanza

El trópico es una enfermedad

SÁNDOR MÁRAI

Dejé el auricular descolgado al borde de la mesa y empecé a excavar su superficie a la búsqueda de un bolígrafo. Tarea mítica y geológica. No exagero: los consabidos libros y papeles apilados alrededor del ordenador ocultaban objetos de plata y de lapislázuli, una mariposa siberiana disecada y enmarcada en una urna de cristal, un lucernario romano de terracota, pisapapeles de Murano, y varias cerámicas japonesas de distintas formas, colores y tamaños. Al mover las cosas, subrayando aquel caos, el auricular cayó y, oscilando como un péndulo enloquecido, tensó el cable helicoidal sin llegar a tocar el suelo. Mientras tanto, y tras unos instantes de concentración suma, el objeto deseado, un Dupont chapado en oro y laca china, apareció oculto entre las patas de un elefante asiático de madera de palo de rosa que había comprado en un anticuario en el barrio judío de Cochín.

Anoté, entonces, los detalles de los vuelos a Londres, pues se me facilitaban ya opciones concretas, solicité otros posteriores a Malasia, incluido Sarawak en Borneo, y dije que aceptaba la cantidad estipulada para escribir el libro, sin admitir que fuera inusualmente generosa. Por fin, y todavía aparentando resignación, pues no quise mostrarme demasiado ansioso por aceptar el encargo, le comuniqué que si era del todo necesario podía visitarme al día siguiente, sin acompañantes, para ver el cuadro en mi casa. Al fin y al cabo, si era cierto lo que decía, había viajado desde Nueva York solamente para verme.

Mi decisión no había sido difícil. Estaba, aunque no lo admitiera, muy satisfecho. Por un sistema de casualidades que había llegado incluso a inquietarme, antes de que lo aceptara como lo más natural, mi vida se había desarrollado a la sombra de Paul Jenkins, a quien nunca había conocido en persona y a quien ya nunca conocería jamás. Algo que no quitaba que creyera entender a la perfección tanto su exitosa trayectoria como su eventual deserción, la que muchos habían tildado de huida misteriosa, tras confirmarse que no había sido un montaje publicitario.

Olvidarle era, para mí, inimaginable. Ante todo estaba el cuadro, su enorme presencia ineludible en un salón de mi casa. Es, sin duda, su obra cumbre, y el hecho de que obre en mi poder, junto a un grupo considerable de dibujos también suyos que fui adquiriendo con el tiempo, constituye una concreción permanente de nuestros extraños vínculos. Como ahora. Cuando de manera inesperada se me ofrece la posibilidad de dar mi versión de las cosas desde una plataforma tan idónea como prestigiosa.

El cuadro es magnífico. ¿Acaso lo tengo que repetir otra vez? Seguro que muchos de vosotros lo habéis visto, pues lo he prestado a todos los museos que lo han solicitado, durante estos últimos años, para cualquier proyecto de concepción científica rigurosa. Sólo la bestia de Sebastià Mulet i Cerdà, en la terrible exposición que comisarió aquí en Barcelona, unas obras casi completas en lugar de una selección interesante e interesada, ni tan siquiera lo reprodujo en el catálogo. ¡La mejor obra de Jenkins y la única que se conserva en la ciudad! Pero, ¿qué se puede esperar de un envidioso con apellidos semejantes?

Volvamos, empero, a la tela sublime. El arrecife que circunda todos mis sueños. Mi victoria pírrica. La única representación creíble que conozco del paraíso.

Se trata de una vista azulada de los trópicos de 2 x 3 metros de tamaño. Presenta la característica hilera de cocoteros en una playa recta, bajo la sombra amenazante de un volcán, y a la luz de una luna llena, cuyo reflejo pulveriza un mar embravecido. Jenkins encontró después este paisaje, que había pintado tantas veces a partir de este cuadro seminal, repetido hasta la saciedad por la naturaleza misma en el archipiélago indonesio. Después nada. Aunque quizá no lo sabíamos. Cabía la remota posibilidad de que hubiera engañado a todo el mundo.

En mi opinión, y sin alejarnos de la obra en cuestión, el cuadro supone la culminación de su estilo de madurez. Una pincelada sucinta y rápida, que produce de lejos, al superponer colores complementarios, efectos ópticos alucinatorios, subrayando así el potencial metafórico de la imagen que conforma. Jenkins logra esbozar una imagen estática del movimiento. A primera vista, parece un cuadro monocromo de color azul cobalto. Poco a poco, sin embargo, vamos descubriendo la imagen resultante y entendiendo, al hacerlo, sus cualidades visionarias. Al acercarnos a la superficie, esta nos revela una enorme cantidad de irisados acontecimientos pictóricos, debidos a la estratificación de muchas capas de colores, que se transparentan gracias al uso de acrílicos, y a la «construcción» de los contornos con pequeñas manchas que recuerdan a teselas y deshacen el dibujo o, si se quiere, lo objetiviza.

Paul Jenkins, de esta forma, lleva más lejos la empalagosa tradición, con la salvedad del inigualable Francis Bacon, una influencia reconocida por el artista con frecuencia y que he analizado ya yo mismo repetidas veces, de la llamada *School of London*, caracterizada, como es sabido, por crear imágenes a partir de la viscosidad de la materia misma. Internacionaliza la pintura inglesa. Casa a Turner con de Kooning. Ignora el conceptualismo más dogmático para bailar al ritmo frenético pero preciso de las tablas y de las congas. Este estilo final, me gusta decir, creo que con gran pertinencia, es una visualización de las hipnóticas músicas de gamelán. O un mosaico de pequeñas luces vibrátiles. Toda su obra constituye, en definitiva, una tormenta tropical sobre la campiña inglesa. No en vano él mismo se fue a perder, y ahora ya para siempre, en el interior de las selvas ecuatoriales malayas.

Cuando al día siguiente de nuestra conversación telefónica mi editor americano estuvo en casa, le llevé sin dilación ante *El meridiano de la desesperanza*. Después de mirarlo en silencio, inmóvil, comenzó diciéndome que ya lo había visto antes en Nueva York y en Londres. Después, con una excitación que pareció genuina –incluido labio superior tembloroso, gesticulación máxima e irritante, rostro perlado de sudor, ataques repentinos de un rubor intenso e incontrolable–, profirió las habituales sandeces que se repiten sobre el cuadro: su enorme impacto expresivo y emocional; su profundidad espacial abismática; su melancolía rabiosa; su análisis preciso, matemático incluso, de la locura, o, si se prefiere, de una experiencia interior exacerbada. A Jenkins le hubiera encantado oírle, y seré aquí irónico, para después llevárselo a la selva y exponerlo a la influencia de sus reptiles y de sus insectos. Implacable, le dejaría morir deshidratado, malárico y espasmódico, víctima acaso de unos vómitos y diarreas terribles y agresivamente hediondas.

A continuación, y sentados ante sendas tazas de café humeante, servido en un juego de porcelana checa de tonalidad salmón, mi editor me refirió distintos detalles sobre el accidente, del que por lo visto no sabía tanto como había aparentado por teléfono. Al parecer, la avioneta se había estrellado en el interior de Sarawak, no lejos de la adormecida, o al menos yo así la recordaba, población fluvial de Belaga. Jenkins viajaba solo con el piloto y no se conocía ni el motivo del viaje ni su destino exacto.

Propuse entonces que quizá fuera a la caza de algún tejido importante para su colección, aparentemente fabulosa. Mi interlocutor, que ahora se las daba de enterado sobre los tejidos rituales del sudeste asiático, confundía a los Batak de Sumatra con la técnica del batik, pero me resistí a iluminarle. Como es bien sabido, yo también colecciono tejidos –y escribo y preparo exposiciones sobre ellos, la más reciente en la National Gallery de Canberra–, y ese mundo es todavía más pequeño que el mundo del arte contemporáneo. Jenkins y yo compartíamos el mismo marchante, Xiang Chu, que operaba desde Kuching, y quien sin duda sabría algo que contarme.

Paul Jenkins fue el pintor más célebre del Londres de los años ochenta, en un momento, en Inglaterra, de grandes desarrollos en el ámbito de la escultura, lo que le hizo todavía más visible. Pronto, sin embargo, y tras una carrera meteórica de poco más de una década, lo dejó todo y se fue a vivir de forma permanente al sudeste asiático. Su obra seguía exhibiéndose con éxito crítico y de público en museos importantes. También se vendía, las pocas veces en que aparecía en subastas internacionales, a precios desorbitados. Era una obra tan escasa como buscada. Jamás, empero, vimos nada nuevo desde que se dijo que lo dejaba todo a principios de los noventa. Sus últimas obras habían sido unos paisajes tropicales azules, siempre menos logrados que el que yo tenía, y que como he dicho inicia la serie, seguidos de unos bellísimos e intrigantes dibujos de medusas luminosas –los cuales fui yo el primero en interpretar, como está documentado, correctamente. Después el silencio, y así hasta ahora, ya comenzado un nuevo siglo.

Nosotros, sin embargo, seguimos luchando como dos gigantescos cocodrilos hambrientos por algunos tejidos extraordinarios que Xiang, gran manipulador y vendedor excelente, nos ofrecía a ambos, temía, de forma simultánea.

He escrito, y me enorgullece decirlo, las mejores páginas sobre la obra de Jenkins. Quien todavía no lo haya hecho que se detenga aquí y vaya a leer *A Snob among the Iban of Sarawak*, en el catálogo de su exposición retrospectiva en la Hayward Gallery de Londres en 1996 (itinerante al IVAM-Centre Julio González, Valencia; Stedelijk, Amsterdam; Kunsthaus, Zurich; y Musée National d'Art Moderne-Centre Georges Pompidou, París), y *From Daffodils to Rafflesias*, en el catálogo de su siguiente exposición retrospectiva, ambas, comisariadas por mí, en el MOCA de Los Ángeles en 1999 (itinerante al Guggenheim Museum, Nueva York y el Art Institute de Chicago). Después de leer esos textos, se verá que no es necesario que vuelva a repensar su obra de un modo drástico. Una biografía, sin embargo, es necesaria, sobre todo porque nadie sabe, realmente, cómo fueron los últimos años de su vida.

Nuestra historia había comenzado en Londres, la ciudad sin sombras, donde todos vivíamos a principios de los ochenta. Recién licenciado, marché allí, donde conseguí un trabajo en una galería de arte experimental que estaba en el primer piso de un bello edificio industrial, húmedo y frío, cerca de Camberwell Green, un espacio dedicado a las instalaciones que apenas visitaba nadie fuera del día de la inauguración, cuando se servía un vino búlgaro, tan barato como vulgar, y cuyos efectos, bebiendo con la poca moderación con la que bebíamos, eran del todo devastadores. En la galería podías encontrar una tonelada de té un día, por ejemplo, dispuesta en la forma de un compacto cubo gigante, y al siguiente montoncitos de pelo púbico femenino insertado en las ranuras formadas por las tablas de madera del suelo, y que la artista de turno había conseguido afeitando a sus benevolentes amigas, y sobre el cual el público podía pasear a sus ansias mientras sonaba *Tod und Verklärung* de Richard Strauss. Jamás se vendía nada, y el dinero para mantener el proyecto provenía de las arcas bien surtidas de un abogado de la *City* que vendía títulos nobiliarios a millonarios acomplejados, y cuyo novio, un alemán impresentable y sin el más mínimo talento, no era sino el insólito artista estrella de la galería.

Mientras tanto yo vivía en un *council-flat* en Southwark, cuya titularidad había heredado de una amiga nigeriana que ahora se casaba, mudándose a otra parte en consecuencia, y abandonando sus derechos sobre el piso. Pretendiendo que habíamos vivido juntos como pareja hasta entonces, me había saltado tediosas listas de espera. En Londres trabajaba poco, más allá de leer a los escritores de la generación de Cyrill Connolly y Anthony Powell; ir muy a menudo a la filmoteca, que estaba al lado de casa; o ver todas las exposiciones que podía. Cobraba poco, pues el abogado era tacaño, y salía mucho, disfrutando con apetito de la variada oferta nocturna que aquella inagotable metrópolis era capaz de ofrecerme.

Conocí a Zaini en la pista del *Heaven* un frío día de invierno. Bailamos mucho tiempo, mirándonos y sonriendo sin decirnos nada, hasta que aprovechando unos tumultuosos desplazamientos por la pista que nos aplastaron al uno contra el otro, me restregó su polla por la pierna. Luego, me invitó a una raya en el lavabo, donde nos besamos como perras cachondas. Poco después estábamos en un taxi rumbo a *The Fridge*. Ebrio y drogado, Zaini no paraba de explicarle tonterías al taxista sobre Margaret Thatcher. El tono de su voz era de una sinceridad y amabilidad increíble, resultando a pesar de lo ridículo de lo que decía, que tenía que ver con una caterva de lesbianas amigas de su madre y admiradoras de la primera ministra, a la que dominaban sexualmente, del todo convincente. El taxista, mientras tanto, no paraba de reír.

En *The Fridge* bailamos, seguimos riendo, y nos besamos hasta que cerraron. Zaini conocía a todos los que tenían un aspecto interesante, con los que mantenía, de nuevo, conversaciones que resultaban hilarantes y absurdas. Hizo ver en la pista que se le había caído una papela, lo que se tragó todo el mundo, de pronto a cuatro gatas por el suelo bajo las luces estroboscópicas. No creas que no puedo imaginarme la cara que estás poniendo, pero con aquel desfase, *and on location*, no podíamos parar de reírnos, incluso de estas juveniles sandeces. Mientras tanto, me sentía especial, como si estuviera levitando, dándome cuenta de que a pesar de su tendencia a lo social, Zaini, nacido para ser el protagonista, no tenía ojos para nadie que no fuera yo mismo.

Vivía en Brixton, así que caminamos bajo la nieve hasta su casa. Allí pasamos unas horas interminables follando bajo el edredón en una habitación helada con los Smiths de música de fondo. Cuando al final pudimos corrernos, a pesar de la coca, nos temblaban las piernas. Me dijo que era malayo, que la calefacción estaba rota, algo que como podéis suponer ya había imaginado, y que estudiaba económicas. Me explicó además, y esa era la primera vez que oía hablar de Jenkins, que su novio era pintor y que se acababa de ir a Nápoles por unas semanas, donde estaba a punto de inaugurar una gran exposición.

Me enamoré de él, incluso averiguando que existía una competencia formalizada. Era guapo, cariñoso y, de verdad, muy divertido, con un humor más bien malvado. Vivía en las nubes de forma no poco tierna. Su piel oscura le otorgaba un glamur que no tenían en el norte los rostros pálidos de los británicos flemáticos. Su pelo era liso y negro azabache, y contrastaba con sus perfectos dientes blancos y las ágatas claras, casi anaranjadas, de sus ojos fulgentes. Su cuerpo era fuerte y fibrado, con unos fabulosos detalles no visibles a primera vista que me niego a compartir con vosotros.

Sí, reíamos como idiotas todo el tiempo. Eso, que no es poco, es lo que más recuerdo. El caso es que no pude salir de su casa, aquellas dos semanas en las que estuvimos juntos, sino para comprar comida y cervezas en las tiendas de los colmados pakistaníes del barrio. Dije en la galería que estaba enfermo. Zaini, mientras tanto, me envolvió en un iglú ardiente de frases sonoras, mientras se sucedían los coitos más gloriosos. Sufría incontinencia verbal y compaginaba, al hablar, los más absurdos listados de lugares y de cosas. Y hablábamos sin competir, más bien cómplices, fascinados el uno por el otro.

Zaini creó para mí, con palabras y sin saberlo, un primer tapiz sagrado. Descubriéndome un mundo sin jerarquías geográficas, siempre evocador, con el que me hipnotizaba y el cual todavía me atrae y me deslumbra. Ahora eran los campos de arroz de Bali; después la rigurosa etiqueta de los sultanes malayos; y más tarde todavía las ruinas de los templos de Borobudur, Bagan o Angkor. Me hablaba de panteras negras, tapires y tarántulas en la selva; del esplendor de Siam, con sus pagodas recubiertas de plata y oro; del aislamiento milenario de Myanmar; de cazadores de cabezas; de los terribles atascos de tráfico de Yakarta, Manila y Bangkok; de los jardines submarinos de coral y sus tiburones ominosos; de los rascacielos de Kuala Lumpur y de Singapur; de minaretes y muecines; de la exquisita arquitectura colonial francesa en Luang Prabang; de los filos serpenteantes de los krises; de las primitivas tribus de Papúa; del caudaloso y turbio Mekong; de innumerables volcanes activos y misteriosos, con lagos azules en sus cráteres; de mariposas multicolores; de Buda y su doctrina de la renuncia y la liberación; de los cafés de Saigón, perfectos escenarios para una novela de Graham Greene; de implacables mafias asesinas y de fumaderos de opio clandestinos; de plantaciones de té, caucho y especias; de las flores de loto; de los monzones y las estaciones de lluvias; de los dragones de Komodo; de la reverberación del gong y de la dulzura del mangostín y del rambután...

Todavía le quiero.

Me pierdo en el recuerdo de sus ojos cálidos como las playas salvajes del Mar de la China Meridional. Echo de menos esos torrentes interminables de palabras que salían desenroscándose de su boca. Escucharle era como ver correr un ciervo por una pradera interminable en un día sin niebla.

Y sin embargo, ya era de Jenkins... Quien me daría lo mejor de mi vida intelectual me robó antes la posibilidad del amor absoluto. Me robó, sí, ese cuerpo de color canela suave como el fieltro y la luz del crepúsculo. Después, nunca más me he enamorado. Sólo tengo recuerdos. Vivo en una casa repleta de libros y bibelots de todo tipo.

No llevaba nada conmigo cuando entré en aquella casa adosada de Brixton, helada como el pasado, pero tampoco cuando la dejé.

Al poco tiempo, me diría que le olvidase. No le hice caso y le seguí llamando, pero nuestros encuentros fueron espaciándose. Eso prolongó una desasosegante y no poco humillante agonía. Me decía que nos quería a los dos pero que no podía dejarle. Jamás me dio, sin embargo, una explicación de por qué no era capaz de hacerlo.

Un día, semanas después de nuestro primer encuentro, les vi juntos en Covent Garden. Se estrenaba una ópera de Harrison Birtwistle, cuyo título no recuerdo. Tenía que ver con las leyendas del ciclo artúrico. Yo bajaba de las alturas más económicas para ir al bar, en el intermedio, cuando noté un arremolinamiento de gente. Primero reconocí a David Hockney, que hablaba con un hombre guapísimo, y por último, a su lado, agarrándole del brazo –y mi corazón dio un brinco–, a Zaini, vestido de gala con ropas malayas tradicionales: turbante y falda de *songket,* seda bordada en oro. Una visión insólita incluso en la ópera de Londres.

Así que aquel hombre guapísimo era Jenkins.

Huí de allí tremendamente celoso, sabiéndome excluido e impotente.

Esa noche necesité de una botella entera de vodka y de la repetición obsesiva del adagio del quinteto de cuerdas de Schubert para poder conciliar el sueño.

Pronto invertí todo lo que tenía en acciones colombianas. Me encerré en una cúpula nocturna de ritmos electrónicos. Di, con muchos otros, una calurosa bienvenida al primer éxtasis de laboratorio. Le buscaba en los cuerpos de los otros en la babilonia nocturna.

Y mientras tanto, me enamoré también de mi enemigo. Esperé con impaciencia, durante esos meses terribles, que expusiera en Londres. Su fama crecía con rapidez en el extranjero, sobre todo en Alemania y en los Estados Unidos, así que se creó mucha expectación por ver su obra reciente.

Vi su exposición el día después de la inauguración en la que los sabía juntos. Esperaba destrozarla con una crítica mal intencionada en *Artforum*, donde comenzaba a escribir entonces, pero no fui capaz de hacerlo. La obra de Jenkins, incluso para mí, que me consideraba su enemigo, era impresionante y deliciosa. Al igual que otros en aquella época, Jenkins quiso liberarse de la teoría y de sus rigores. Fue el momento preciso. Su inicial pincelada irónica e iconoclasta se recibió con entusiasmo. Era un verdadero soplo de aire fresco.

Jenkins era un artista muy astuto. También lo fue para saber que si quería conservar a Zaini debía llevárselo a Nueva York con él. Y así lo hizo.

El caso es que mientras yo vivía una vida precaria, comiendo arroz, pasta y patatas, después de nuestra ruptura, al menos en lo que a lo carnal se refiere, no pasaban unas semanas sin que me llegaran las cartas más exultantes desde su *penthouse* en el hotel Chelsea de Nueva York. En ellas Zaini me contaba historias de juergas interminables, después de cenas con Andy Warhol, Jay McInerney o Francesco Clemente.

Jenkins era cada vez más famoso. Sus cuadros se veían con frecuencia en Londres, aunque él, ellos, no asistieran a las inauguraciones. Todo forma parte de la leyenda. Y poco a poco, a pesar del mundo brillante que me describía Zaini, yo comencé a detectar en la pintura de Jenkins melancolía, duda y desesperanza. Primero creí que eso era lo que yo quería ver, subconscientemente, algo así como un hundimiento anunciado del Titanic, pero el caso es que, poco a poco, llegué incluso a identificarme por completo con las atmósferas que Jenkins lograba plasmar con su pintura espesa, cuando la materia adquiría la inquietante apariencia de una ciénaga repleta de larvas de mosquito.

Nada había preparado al mundo, sin embargo, para *El meridiano de la desesperanza*. Se expuso en Londres por primera vez, generando desde el principio los más elogiosos comentarios críticos. Fue también un regalo de Jenkins a Zaini. Y por una serie de cuestiones complicadas y de explicación tediosa, el cuadro acabó en mis manos al poco de regresar a Barcelona.

Aquello coincidió con la noticia de que ambos se iban a vivir a Malasia.

Una vez que desaparecieron, y mientras me convertía en la primera autoridad mundial sobre la obra de Jenkins, quien nunca más pisó un museo, al menos, en Occidente, Zaini pareció olvidarse de mí. Dejó de escribirme. Todo lo poco que supe de ellos lo supe por Xiang, pero ya mucho más tarde.

Dejar de saber de ellos fue algo que no me preocupó en principio. Les prefería en un lugar desconocido porque así no podía imaginármelos. Sin embargo, ese distanciamiento se acabó cuando por fin visité Malasia. Habían transcurrido cuatro años desde su desaparición y quise demostrarme a mí mismo que las heridas estaban cicatrizadas. Cuando llegué a Marang, lo que no era sino una peregrinación, pues sabía que habían pasado allí sus primeros años en Oriente, me los imaginé juntos por todos lados: bajo los cocoteros y sobre la gruesa arena ocre de sus interminables playas, o cogiendo juntos el ferri para bucear en la isla Kapas, que parecía el modelo exacto de *El meridiano de la desesperanza,* aunque sin un volcán al fondo. Me parecía que oía, también con ellos, los recitales lánguidos de los muecines, mientras veía a las niñas musulmanas yendo a la escuela uniformadas como monjas. Oía las omnipresentes y ruidosas ranas del trópico. Veía los monos y los varanos en la ribera del río. Compraba frutas en el mercado del pueblo, soportando el olor del intrigante y desagradable durián, esa fruta hedionda de aspecto prehistórico que no he probado jamás porque Zaini me prometió que la probaríamos juntos. Vi gigantescas libélulas rojas y azules sobre las charcas, y majestuosas águilas pescadoras recortándose en cielos cargados y pletóricos de grises. Todo esto lo habrían visto también ellos. Como también, a buen seguro, habían caminado por la playa siguiendo una línea ondulante de cabezas de pescado, desechos de los pescadores, que dibujan en la arena los límites de las mareas. Los niños, extrañamente, nadaban allí vestidos y cantando.

Cuando viajé a Malasia hacía tiempo que no sabía nada de Zaini. Era, sin embargo, un asunto que tenía pendiente. No pensaba exactamente en él, pero escribía sobre la obra de Jenkins con tanta regularidad que su recuerdo nunca se difuminaba. Recorrí, en aquel primer viaje, la península malaya, de punta a punta, deteniéndome en algunas de las islas frente a sus costas.

Pasé también un par de semanas en Kuala Lumpur. Gracias a la directora de la National Gallery contacté con varios artistas, lo que me permitió conocer de primera mano algo de la vida social y cultural del país. Me fascinó la mezcla de tradición y modernidad, y la energía tan positiva y en apariencia carente de prejuicios de su gente.

En la barra de una discoteca llamada *Queen*, conocí a Xiang, y estuve bailando un rato con él y sus amigos chinos. Confraternamos y seguimos la noche juntos. Cuando no quedó ningún club abierto fuimos en masa a desayunar *roti* con salsa picante en un puesto de comidas callejero.

Fue entonces, sin el agobio de la música, que le pregunté a Xiang a qué se dedicaba. Me dijo que vivía en Kuching y que era marchante de telas, joyas y antigüedades. Cuando le dije que era crítico de arte, me habló de un inglés amigo suyo, un pintor mundialmente famoso años atrás, que vivía ahora en las islas Perhentian y sabía muchísimo de tejidos. Me contó que iba a visitarlo a menudo. Me quedé de piedra. Naturalmente se trataba de Jenkins, quien por lo visto vivía en la menor de las Perhentian. Pensé que era bastante probable que me hubiese alojado, sin saberlo, cerca de su casa a mi paso por esa isla unos cuantos días antes... Xiang también sabía quién era Zaini, explicándome que cualquiera de nuestra generación, por poco que hubiese salido de noche en Kuala Lumpur, le conocería perfectamente, pero que había desaparecido desde hacía ya un tiempo. Sabía que había sido pareja de Jenkins y que la fortuna de su familia, originaria de Ipoh, tenía que ver con la extracción y comercialización del estaño.

El caso es que antes de regresar a casa viajé a Malasia Oriental. En Kuching, en el almacén de Xiang Chu, descubrí los tejidos del sudeste asiático, que comenzaban a ser apreciados en Occidente.

En primer lugar me deslumbraron los tejidos de los Minangkabau de Sumatra central, algunos de seda y oro, por su sofisticación y ligereza. Sus mujeres, además, se arreglaban los turbantes en formas que recordaban las cornamentas de los búfalos. Me parecía increíble que esos tejidos se hubieran originado en la selva. Después me entusiasmé con los tejidos de los Iban de Borneo, de algodón grueso, mucho más bastos y de apariencia tribal, aunque con el refinamiento formal y cromático de la mejor abstracción moderna y posmoderna. Aprendí lo que simbolizaban los diferentes motivos, y averigüé que de algunos no existían todavía interpretaciones convincentes, puesto que no eran siempre representacionales. Las telas estaban dedicadas a los espíritus de los cocodrilos, las sanguijuelas, las libélulas o los tigres. Me gustaba también conocer para qué rituales eran utilizados. Algunos de ellos se usaban únicamente una vez, en una boda o tras el primer parto, por ejemplo, y después se guardaban para siempre. La riqueza y la variedad eran increíbles, y no sólo en el archipiélago indonesio, sino también en el resto de países del sudeste asiático. Descubrí así las telas suntuosas de los pescadores de la isla Lambatta, con preciosas representaciones de manta rayas; las impecables abstracciones rojas de los Toraja en Celebes; los *palepai* ceremoniales de la región de Lampong en Sumatra que narraban migraciones épicas en el Pacífico con grandes barcos repletos de estandartes; los oscuros *ragidup*, o tejidos del alma; los sofisticados *batik* de Bali y Java; la heráldica complicada de los tejidos de la isla Sumba creados para masivos rituales funerarios; los brillantes tejidos rojos y amarillos de los Atoni, de Timor, repletos de formas antropomórficas y ornitológicas.

Se me abría un mundo infinito y maravilloso. Y me gasté en ellos todo el dinero que llevaba.

No fue enseguida, pero sí al cabo de unos meses, ya obviamente de regreso en Barcelona, cuando Xiang me dijo que Jenkins sabía que yo coleccionaba tejidos. Me repitió que Jenkins los estudiaba y que incluso mantenía correspondencia con diferentes especialistas. Eso me pareció una buena razón para escribirle. No sólo compartíamos ese interés, más reciente para mí –y en realidad para todos, pues sólo a finales de los años setenta se estableció que se trataba de un arte sagrado y no meramente funcional u ornamental–, sino que además, en esos años, era cuando más escribía sobre su obra. Me molestaba, tengo que reconocerlo, que no diera nunca señales de vida. Podía entenderlo, puesto que él había cambiado radicalmente su forma de estar en el mundo, y ya no practicaba como artista, pero me sorprendía que viviendo en una playa remota en una pequeña isla, y en donde no se podía hacer nada más que pasear bajo los cocoteros, como había comprobado yo mismo, no hubiera encontrado unos momentos para agradecerme mi dedicación y mi esfuerzo. Sólo me consolaba saber que su silencio no iba dirigido hacia mí. Jenkins no hablaba con ninguno de sus exégetas, ni tampoco con los conservadores de los museos que coleccionaban sus obras y que, me constaba, le escribían de vez en cuando para consultar temas relacionados con sus investigaciones.

Sólo se escribía con Thomas Hughes, su galerista londinense, quien había ido vendiendo toda su obra desde el principio, y con quien naturalmente tendría asuntos económicos pendientes, aunque cada vez con menos frecuencia. Hughes me había dicho más de una vez que a Jenkins le gustaban mis escritos, pero dado que era un hombre muy astuto, en la cumbre de su profesión, pudiera ser que lo dijera para tenerme contento y proteger a su llamémosle exartista, quien todavía le proporcionaba buenos dividendos gracias a obras antiguas que iban introduciendo en el mercado con cuentagotas. También, por otra parte, cabía la posibilidad de que Jenkins supiera cómo contactar con Zaini, algo que no sabía si yo quería realmente, aunque la idea me rondase siempre la cabeza.

Por fin, me decidí a escribirle. Fue una carta que me costó mucho componer para encontrar el tono adecuado. La estuve leyendo y releyendo una y otra vez para no crear posibles subtextos o significados no deseados. Quería resultar amistoso, simpático, interesante, pero sin parecer que le hacía la pelota. Obviamente mencioné a Zaini, aunque sólo de pasada, diciendo que me gustaría también escribirle, pero le hablé, sobre todo, de los tejidos que había adquirido, exponiendo qué zonas de la colección pensaba desarrollar, y demandando con amabilidad su opinión y consejo al respecto. Quería saber además cuáles eran sus telas predilectas, permitiéndome aventurar mis ideas al respecto, ya que conocía tan bien su obra artística.

Me molestó mucho que no respondiera. Fue por ello que le volví a escribir una segunda vez, y una tercera... Está bien, voy a admitirlo, y también una cuarta y una quinta y una sexta... hasta realmente perder los papeles y la cuenta. Jamás me contestó... Admito que mi tono se fue volviendo grosero, y puede que ligeramente delirante... Nunca, sin embargo, dijo esta boca es mía.

En esa misma época, Xiang Shu me escribía para contarme que Jenkins era su mejor cliente y que sólo podría facilitarme a mí las telas que este rechazara. Acabé sugiriendo que le daría el doble de lo que Jenkins fuera a pagarle. Y así fue pasando el tiempo, hasta el accidente aéreo y el encargo de la biografía.

Comencé mi investigación en Londres. Llegué un día particularmente claro, y pude ver desde el avión toda la ciudad, del East End a Heathrow. La visión aérea de esta vasta familiaridad me produjo un inesperado ataque de tristeza, quizá porque añoraba mi juventud.

Después, y ya en el taxi desde Paddington al centro, la tristeza desapareció y se transformó en una gradual felicidad. Esta era la parte que más conocía de la ciudad, con sus librerías, el Lumière Cinema, la English National Opera, la National Gallery, y sus *pubs* otrora tan frecuentados. Había decidido no ver a nadie esa primera noche para disfrutar de mis recuerdos.

Me alojé convenientemente en el Groucho's, el club del que todavía era socio.

Esa noche pude observar cómo los gais se habían hecho poco a poco con el Soho, abriendo un gran número de establecimientos, no sólo bares y restaurantes sino también tiendas de todo tipo.

Intimé con un estudiante somalí muy agradable que preparaba una tesis doctoral sobre las mujeres en las novelas de George Eliot, pero eso no viene al caso.

Al día siguiente fui temprano al Museo Británico, también lleno de recuerdos, además de estar a unos escasos pasos de la casa de sir Anthony, mi primera cita. Llegué a su puerta, después de recorrer las galerías asiáticas del museo, con puntualidad rigurosa, y tuvo la amabilidad de salir a abrirme en persona. Me dio dos besos diciendo que se alegraba de verme. Era un hombre ya mayor, que indudablemente había sido atractivo, y uno de los pocos artistas que conozco con los que se puede hablar de las otras manifestaciones artísticas. Después de ver sus obras, que iban a salir rumbo a París al día siguiente, y las cuales me parecieron extraordinarias, tal y como le dije, hablamos de Jenkins.

–Quiero saber cuál es tu opinión sobre su viaje a Nueva York.

–No hay nada que explicar, se fue allí por pura estrategia...

Esa frase me dolió algo.

–Qué malos sois unos con otros.

–No es eso. Me gusta su obra en general, aunque lo encuentro encorsetado... quizá la palabra sea cómodo. Tanto Bacon, y tantos animales exóticos, y tantas plantas y florecillas, me resulta infantil... Es más, me parece también superficial y premeditado... Y reconocerás que una vez que encontró una fórmula, a correr... aunque, la verdad, su carrera fue un mero *sprint*, por espectacular que fuera.

Sir Anthony se detuvo. Sus ojos parecían los ojos de una serpiente. Le miré como pensé que le miraría Cleopatra.

–Continúa, me interesa tu opinión.

–Creo que con eso ya queda dicho todo... Y no me hago el gracioso... Llegó un momento, ya en Nueva York, en el que sintió que no tenía nada más que decir, o quizá hubiese descubierto que el reconocimiento no es sino una forma de tortura y él no era masoquista... Te puedo asegurar que tú no tienes mucho que ver con su viaje a América... Jenkins empezó a trabajar con un galerista americano y, además, el maravilloso e inquieto Zaini llevaba años con los ojos puestos allí... A mí me lo habían dicho muchas veces. Londres se les había quedado pequeño.

Sir Anthony volvió a detenerse y me miró a los ojos.

–Me sorprendes después de tanto tiempo.

Le esquivé la mirada en silencio.

–Me han dicho que tú le viste en Malasia, hace cuatro o cinco años. ¿Qué impresión te dio?

–Es cierto, e iba a contártelo ahora mismo. Coincidió con un largo viaje para conocer las ruinas de las grandes civilizaciones de aquella zona, así que pasamos por Kuala Lumpur que está convenientemente situado en el centro de un triángulo arqueológico inigualable. Escribí a Paul, con tiempo, y estuvo de acuerdo en desplazarse desde la isla en donde vivía, que no visitamos y cuyo nombre no recuerdo... Creo que allí no hay nada más que playas, lo cual no me atrae ni lo más mínimo. Odio el sol... Incluso semiescondido como está en los nublados cielos ecuatoriales.

Su asistente entró entonces a ofrecernos té o café. Cuando se fue hacia la cocina, sir Anthony continuó.

–El caso es que vino a recogernos al hotel y después nos llevó a cenar a un lugar estupendo que todavía recuerdo. Nos ofreció un banquete. Empezamos con un plato que mezclaba, si no me equivoco, holoturias, medusas, vieiras, abalones, pulpo y varias tripas de pescados raros, y que constituía un puro festival de texturas y que jamás he olvidado... La comida oriental me encanta, como creo que a todo el mundo... Jenkins estaba guapo, muy en forma y espectacularmente bronceado. Parecía otra persona... La verdad es que esperaba encontrarme con alguien resentido, pero desde luego ese no era el caso... Estaba amable, radiante, feliz, aunque eso pueda resultar desconcertante.

–¿Qué quieres decir?

–Me recordó, exactamente, al personaje de un célebre cuento de Somerset Maugham, alguien que abandona todas las posibilidades de una vida de negocios en Chicago y la boda con una rica heredera bellísima e inteligente, por una vida en la playa en los mares del sur, sin dinero ni responsabilidades, y con una mujer mestiza. Todo en Jenkins exhumaba que los tontos eran los demás... Vamos, nosotros... Me dijo, por ejemplo, que sólo leía por placer y enumeró un gran listado de escritores asiáticos, sobre todo indios y japoneses... También contó que no cesaba de disfrutar de la naturaleza de los trópicos... Todo son gustos, realmente; yo prefiero las zonas desérticas, por ejemplo, o los países ostensiblemente ricos culturalmente como Italia o la India... No sé... Dijo, creo recordar, que prefería ver volar un cálao bicorne en la playa que sentarse al lado de un coleccionista en la cena de inauguración de una exposición en un museo de Minneapolis o de Frankfurt... Había esperado verle infeliz, o justificándose torpemente, pero se había transformado en una persona con diferentes valores, como si perteneciera a una cultura distinta... Le envidié, si quieres que te sea franco... Yo no podría vivir así, pero pocas veces he visto a alguien tan satisfecho, como esos poetas místicos españoles del siglo XVII... Francamente... Me resultó incómodo, sin embargo, ver cómo alguien a quien había considerado un amigo íntimo fuera ahora un ser con el que ya no tenía nada en común y al que lo más probablemente jamás volvería a ver. Cosa, en cualquier caso, que pasa a todo el mundo con los amigos. Se producen distanciamientos por distintos motivos, y eso es parte de nuestra naturaleza. ¿No crees?

Desde Bloomsbury, después de despedirme de sir Anthony, caminé hasta el Caprice. Caía una llovizna fina e intermitente.

Thomas Hughes llegó tarde como era habitual en él. Los camareros le hicieron reverencias, al tiempo que se nos acercaban con una botella de su borgoña favorito.

—Déjame que elija el vino.

—Por supuesto.

Sus ojos sugirieron un máximo arrobamiento tras dar un primer sorbo.

—¿A qué se debe esta visita?

Le anuncié que acababan de encargarme la primera biografía de Paul Jenkins y que quería cualquier información que pudiera darme sobre sus últimos días en Malasia.

—Deja que te diga, para empezar, que eres la persona idónea para el proyecto. Es una idea estupenda. Me alegro mucho.

Asentí agradecido con la cabeza y esperé que continuara hablando. Era una persona a la que le gustaba escucharse.

—Desde su primera exposición, que fue un éxito extraordinario, hasta el día de hoy, he vendido su obra sin problemas. Siempre ha gustado a museos y a coleccionistas...

Una mujer muy elegante, que acababa de entrar en el restaurante, se acercó a saludarle de camino a su mesa. Después, Thomas continuó, ahora en un tono triste.

—La verdad es que era un hombre encantador... Lástima que se fuera a vivir tan lejos, ¿no crees? Nos vimos una única vez en Kuala Lumpur, donde hice escala en un viaje a Australia. Seguía siendo especial, y generoso... Tú lo sabes, pues todavía, que yo sepa, tienes su cuadro... Te lo compro cuando quieras venderlo, por cierto, y por el precio que pidas... Ya te lo he dicho mil veces.

Sonreí sin decir nada.

—El caso es que cuando le vi sentí que vivía en otro mundo, y me refiero a un mundo más allá de la mera distancia geográfica... Dejó de pintar y de interesarse por todo lo que rodea el mundo del arte y se fue a una playa en la selva... Es cierto que produce tristeza ver cómo lo abandonó todo, pero su obra sigue considerándose... Y se le veía bien, o relajado. En tu libro deberías concentrarte en lo que hizo y no en lo que dejó de hacer. Eso es al fin y al cabo lo que nos interesa.

–¿Os enfadasteis?

–No. Jenkins era un seductor nato. Estaba decidido y nadie iba a hacerle cambiar de opinión. Un artista no es más bueno por exponer o por darse a conocer, decía, aunque la gente, en vida, admire más las carreras que las obras. Le transmití que un artista necesitaba de una obra objetivada para ser considerado artista... Pero todo esto ha cambiado ahora que está muerto... Es una pena inmensa que renunciara, estoy de acuerdo, pero al menos lo hizo en su mejor momento, y fíjate cómo cambió al poco tiempo la escena artística... La gente empezó a despreciar la pintura... Fue, realmente, como si Jenkins, quien, como sabes, sentía una debilidad por Duchamp, y recuerdo haberle oído decir más de una vez que tenía un libro de entrevistas con él en su mesita de noche, se adelantara a su época... Sea como sea, para él, su retiro era una forma de agresión. Le gustaba decir que era algo así como derramar una copa, eso sí, muy suavemente, en la cara misma del sistema. Y el sistema, claro, ni lo nota...

–¿Y es cierto que no volvió a pintar nada?

Thomas pareció sorprendido con la pregunta.

–Eso parece. Yo no lo dudo... El pintar requiere el deseo de un público, así que nos hubiéramos enterado si hubiera hecho algo... ¿No crees?

Nos quedamos en silencio unos instantes.

–Te he traído un vídeo de una entrevista realizada en Nueva York que no creo que conozcas, pues nunca se emitió, y también la copia de una carta que me envió desde Malasia justo antes de que nos viéramos allí y que he conservado.

–Gracias...

–¿Quieres otra botella de vino?

–No, gracias otra vez. Pero sí quería preguntarte otra cosa, y es si sabes algo de su colección de tejidos.

–Ni idea. Sé por sus cartas que estaba interesado en ellos y me lo repitió cuando nos vimos, pero no recuerdo que me dijera que los coleccionaba. Paul no tenía familiares cercanos, así que cualquier cosa que tuviera seguirá en Malasia. Te puedo dar su dirección, si es que no la tienes todavía...

–Creo que vivía en las islas Perhentian.

–Exactamente.

–¿Y sabes qué pasó con Zaini?

–No... Se separaron después de un tiempo, al llegar a Malasia, y nunca más se supo. Vivieron juntos en Marang, pero después Zaini se fue a Kuala Lumpur y Paul a su isla, así que imagino que el amor se fue diluyendo con la distancia, si no antes con la proximidad, con la rutina de la convivencia. Al final, Paul vivía con alguien llamado Alí, a quien no conocí... Me da que era pescador o algo así... Intenta localizarle y que te cuente. Imagino que hablará el inglés.

* * *

Se ven los edificios de ladrillo de dos o tres plantas, llenos de grafitis, de una zona decrépita del Bowery. Todo parece cerrado o abandonado y hay montones de basura en las aceras. Se oye una canción de Lou Reed. Paul Jenkins, sentado en unos escalones hace muecas a la cámara, sonriente. Viste vaqueros y una camiseta, además de una vieja chaqueta de cuero. Lleva una barba de dos o tres días y el pelo mal cortado y de punta. Saluda con las manos. Señala a dos bellas jóvenes transeúntes con minifalda, que pasan en ese momento, y que al verse observadas sonríen tímidamente a la cámara y aceleran el paso para desaparecer. Jenkins se levanta, haciendo un poco el payaso, hasta que llega a la puerta de su estudio, que es una enorme nave industrial desvencijada. Entra y se sienta en un taburete mirando a la cámara. Las paredes a su alrededor son blancas, aunque desconchadas, y se observan grandes manchas de humedad. Sobre las paredes descansan cuadros apenas empezados. Fondos de color y algún que otro grafismo negro sobre ellos. El suelo y una mesa vieja están repletos de papeles, pinceles y botes de pintura. Un haz de luz diagonal cae sobre Jenkins desde una vidriera en el techo, dejando el resto de la habitación en semipenumbra. Habla lentamente, con grandes pausas, como si le importara un rábano la entrevista. Esto no quita que de vez en cuando demuestre cierto entusiasmo.

La entrevistadora es una chica joven con un collar de perro, el pelo rojo y una chaqueta de cuero llena de imperdibles.

–Paul Jenkins, ¿cómo cree que influirá Nueva York en su trabajo?

–Aún no lo sé... –muy serio, señala los lienzos recién empezados que están a su espalda–. Como puedes ver, acabo de llegar.

–¿Por qué ha venido a vivir aquí?

Jenkins mira de un lado a otro mostrando su aburrimiento groseramente.

–Para cambiar de aires... ¿Las hamburguesas?

Se detiene y se pone serio. Habla con una voz muy rara, probablemente aposta para dificultar su comprensión.

–Aquí hay muy buenos bares y muy buenos museos...

La periodista parece desconcertada.

–En Londres me consta que también.

Jenkins se queda inmóvil mirando el suelo.

–Me impresionan mucho los rascacielos...

–Hábleme de la escena artística en Londres.

Larga pausa. Cara de fastidio otra vez.

–Tengo buenos amigos allí... He hecho varias exposiciones...

Silencio muy largo.

–¿Nada más?

–No.

–¿Qué opina, entonces, del *boom* del mercado artístico que estamos viviendo?

Otra pausa larga. Jenkins mira el suelo y se pasa una mano por la frente.

–Nada, realmente.

−¿Se siente usted presionado por él?

La rodilla de Jenkins empieza a moverse. Hace como si la detuviera por sorpresa poniendo sus dos manos sobre ella, primero una, luego la otra. Mira fijamente a la periodista.

−No. En lo más mínimo.

−¿Le parece adecuado el elevado precio de sus cuadros?

Jenkins desvía su mirada hacia el suelo. Junta sus dos manos y se retuerce los nudillos con ansiedad.

−Probablemente sí.

−¿Está siendo sincero?

Jenkins mira a la periodista con chulería.

−Creo que no tengo por qué mentirle.

−¿Qué intenta decir con su trabajo?

Larga pausa. Jenkins se rasca la oreja y mira hacia otro lado. Recita mecánicamente como si dijera algo que ya ha dicho otras veces.

−Me gustan Keats y de Kooning... Pintar es como escribir en el agua.

−¿Por qué lo hace, entonces?

−Es una posición moral.

−¿Podría ser más específico?

Jenkins vuelve a mirar a la periodista. En vez de contestar, pregunta:

−¿Le parece a usted que la sociedad en general es más beneficiosa para el mundo que los artistas?

La periodista se queda callada un rato. Sonríe apaciguadoramente.

−¿Hay algún artista de su generación que le parezca interesante?

Larga pausa.

−Creo que sí... sí... hay muchos...

−¿Podía decirme algunos nombres?

Larga pausa. La rodilla de Jenkins vuelve a disparársele.

−Ahora no se me ocurre ninguno...

−¿Dejaría usted de exponer?

Jenkins mira a la periodista fijamente. Su rodilla se detiene. Se pasa la lengua por el labio.

–Cuando no entienda a los espectadores.

–¿Cree usted que es miembro de un movimiento neoexpresionista?

El artista cruza y descruza sus piernas. Aprieta los dientes. Se pasa una mano por la cabeza. Parece enfadado.

–No querría decirle una grosería.

–¿Cómo definiría entonces su trabajo?

–Desde luego no lo definiría en términos estilísticos.

–¿Cree usted en el poliestilismo?

Jenkins está cada vez más enfadado.

–No, para nada.

–¿Cuál es su estilo, entonces?

Casi con grosería: –Ese es su trabajo.

–Yo creo que tiene que ver con el Neoexpresionismo.

Con cara de hastío y de forma tajante.

–Ya basta... La entrevista se acaba aquí...

El artista se levanta y se pierde en la penumbra. La periodista se vuelve hacia la cámara que les estaba filmando y hace gestos con la mano para que detengan la filmación. Parece que la cámara se tambalea y finalmente la imagen se funde a negro.

* * *

Islas Perhentian, septiembre 1998

Querido Thomas:

Me alegra un montón que vayamos a vernos. Llegaré a Kuala Lumpur esa misma noche.

Me alojaré en casa de unos amigos. Te llamaré al hotel a primera hora de la mañana para que desayunemos juntos. Luego te llevaré a conocer la ciudad y a comer lo mejor posible, algo que no es difícil en esta parte del mundo.

93

Te escribo desde mi casa a la orilla del mar. He construido yo mismo una casa de madera entre cocoteros, de estilo tribal, inspirada en las casas de los Batak en el norte de Sumatra. Te enseñaré fotos cuando nos veamos, pues aquí donde vivo no puedo imprimir copias y quiero conservar las que tengo. La casa, que está elevada del suelo, consta de un enorme espacio central con techos muy altos. La vista desde la veranda que constituye la entrada es extraordinaria: el mar y la selva, que siempre me han atraído.

Me preguntas a qué me dedico. No hay mucho que contar. El mantenimiento de la casa me ocupa una buena parte del tiempo. Alí está conmigo, y tengo una gran suerte porque además de querernos me ayuda a entender cómo funcionan las cosas en este país. Voy siempre descalzo y semidesnudo, envuelto en pareos, y estoy tan bronceado que de lejos parezco un nativo.

Cocinamos pescado y marisco a la brasa con chile y cilantro. Los pescamos nosotros mismos. Tenemos también aquí las frutas más extrañas. De muchas de ellas no conocía antes ni su existencia.

Me gusta nadar y bucear, y en algunas islas frente a mi casa hay impresionantes arrecifes de coral. También me gusta observar a los pájaros y a los lepidópteros. Aquí hay cientos de especies de mariposas. Y no paro de leer, de Ananta Toer a Borges y a Endo, y por supuesto, no te sorprenderá, a Rimbaud, que creo que me sé de memoria. ¿Sabes que estuvo en Java?

Mis vecinos son gente sencilla y me han acogido como uno más.

Voy de vez en cuando a Kuching, y sobre todo a Kuala Lumpur, cuando aprovecho para abastecerme en las librerías, ir al cine, y cenar en los puestos de comida callejeros. Tengo allí algunos amigos.

He acabado interesándome sobremanera por la cultura local, sobre todo por los tejidos. Estoy estudiando este tema, leyendo todo lo que encuentro. Te lo digo por si ves algo reciente sobre el tema, en alguna librería especializada de Londres, antes de tu viaje.

Se acabó definitivamente, y te lo escribo porque de nuevo me lo preguntas, mi interés por el arte. No me interesa llevar la vida de un caballo de carreras. La fama no me fascina ni en lo más mínimo y tampoco me preocupa el dinero. Como sabes bien, y felizmente, gané el suficiente como para poder permitirme no hacer nada el resto de mi vida. La verdad, no puedo ni recordar por qué pintaba. El artista que se cree que dice algo es un imbécil... Nadie sabe nada... Toda mi vida anterior me parece una contradicción. A veces, muchas veces, creo que lo bello no puedo compartirse, que si se comparte se banaliza... El artista es siempre un solitario aunque parezca condenado a perseguir atención y reconocimiento, tal vez porque se ve diferente... Me pregunto también por qué hacer algo si ya tenemos a Duchamp o a Tiziano. Creo que yo pintaba por ansiedad, una ansiedad que el acto de pintar mismo todavía exacerbaba más. Uno busca una luz apaciguadora y sólo consigue ver un monstruo venenoso... una medusa fluorescente a la deriva y en la oscuridad...

Os echo de menos a algunos, lo reconozco, y espero verte pronto. Me alegra también que me cuentes que mi obra sigue siendo reconocida y que grandes excéntricos, sin duda, sean capaces de pagar esos precios por ella.

También sabía que la Tate me está dedicando tres salas en estos momentos. La verdad no sabía que tenían tanta obra. Ya veo que haces bien tu trabajo. Estoy contento y, si no te molesta, puedes decírselo. Me invitaron a dar una conferencia cuando me escribieron anunciando que iban a sacar mi obra de los almacenes, pero ni siquiera tuve fuerza para contestarles...

Un gran abrazo,

Paul

* * *

Llegué a Kuala Lumpur poco después y me hospedé en el hotel Mandarin Oriental. Había reservado una habitación en uno de sus pisos más altos con una gran vista de las torres Petronas. Era cómodo, pero la decoración me resultó *kitsch*. Xiang había ido a buscarme al aeropuerto, muy alejado de la ciudad. Después me dejó en el hotel para que descansara.

Durante el trayecto me confirmó que seguía sabiéndose poco de Zaini, sobre quien había estado investigando antes de mi llegada. Vivía en Australia, dedicado a los negocios familiares, y viajando con frecuencia a Hong Kong, Singapur y Malasia. Tenía, por lo visto, varias mujeres, y no quería saber nada de su pasado. Había averiguado su número de teléfono.

Xiang me comunicó, también, que tenía una gran cantidad de material que mostrarme en su apartamento allí en Kuala Lumpur, telas que había traído desde Kuching para enseñármelas. Estaba ansioso por verlo todo, pero pensé que era mejor esperar a saber cuál era la situación con la colección de Jenkins, de la cual ansiaba apoderarme tras verme con Alí, y que difícilmente imaginaba pudiera lograr de forma gratuita.

Al día siguiente fuimos a tomar algo a un club nocturno llamado *The Frangipani*. Después de algunos rodeos, le dije que necesitaba ver la colección de Paul para escribir el capítulo correspondiente en el libro en el que estaba trabajando. Ese asunto era lo que más me interesaba.

Xiang me contestó elusivamente, ruborizándose incluso, y cambiando la conversación en cuanto pudo de forma más bien desconcertante. Había gato encerrado. Se me ocurrió que él mismo estaría interesado en la colección. Tal vez, incluso, y empecé a alarmarme, ya obraba en su poder. Si esto era así, debía ser cauto. Quizá la intentaba vender a algún museo en esos mismos momentos. Le pregunté directamente, algo nervioso, si él mismo estaba interesado en recuperar los tejidos de la colección de Jenkins. Se puso todavía más nervioso, asegurándome que no era el caso. Entonces llegaron un grupo de conocidos suyos, y tuvimos que abandonar la conversación.

Volvimos a vernos al día siguiente. Me llevó a comer unos inolvidables pies de cerdo rellenos de castañas de agua y unas sabrosas gambas rebozadas y crujientes. El local estaba en un viejo edificio de los años treinta, decrépito pero rodeado de edificios altos de cristal y anuncios de neones deslumbrantes, que le daban un aire incongruente. El dueño hacía las cuentas con un ábaco inmemorial. De postre tomamos unos dulces de arroz tintados de azul, color extraído de los pétalos de una flor que los ingleses llaman *clitoria*, y untados de una mermelada de coco con yema de huevo de pato.

A la mañana siguiente tomé un taxi hasta la costa este del país, desde donde podía tomar un ferri hasta las islas. Tuve que dormir en una pequeña pensión, pues perdí el último barco. Al día siguiente, el ferri me llevó a la isla principal de las Perhentian, donde alquilé una canoa para que me llevara a unas cabañas, cerca de donde suponía que había vivido Jenkins, y donde todavía vivía Alí. Lugar que no había visitado, me daba cuenta, en mi primer viaje.

No había nadie. Era octubre, así que estábamos fuera de temporada. Un joven me ayudó con el equipaje al desembarcar. Era el encargado. Le pedí la cabaña más alejada del pequeño espacio común, que no era más que un pequeño toldo de cañas bajo el cual se encontraban varias mesas y sillas de plástico. El alojamiento era básico, una pequeña cabaña de madera con un camastro y una ducha de agua fría, pero hacía un día magnífico, con un cielo inusualmente despejado, así que lo encontré todo perfecto, y antes de comenzar con mis averiguaciones fui a darme un baño.

Dejé mi toalla a la sombra de unos árboles increíblemente frondosos, cuyas ramas descendían hasta la arena, formando una suerte de cueva vegetal abovedada y en sombras. Estos árboles daban una abundancia de flores blancas alargadas, como la boca de un trombón de varas, que desprendían un perfume dulce e intenso. La arena estaba repleta de diminutos trozos de coral, pero era fina, blanca y suave. No se veía a nadie en toda la playa, que tendría un par de kilómetros. Desde el agua, y sólo me introduje en ella unos dos o tres metros, pues el mar se tornaba profundo de inmediato, observé la isla.

No era más que una serie de colinas recubiertas de la más densa selva tropical, lo que la tornaba impenetrable. En la isla, me habían dicho, no había carreteras.

La playa, además de los árboles con flores blancas, y muchos otros, estaba repleta de cocoteros altísimos. La cantidad de azules y verdes de esa selva viva y frondosa, tan cerca del mar, era la misma que se veía en *El meridiano de la desesperanza*, lo que me emocionó profundamente. La inmensidad de aquel paisaje salvaje, con aquel calor y humedad sofocantes, me sugerían, sin embargo, que vivir aquí, con esa monotonía constante de temperatura, sobre todo en las épocas de lluvias, no tenía que ser fácil. Recordé una frase de Gopal Baratham, el novelista de Singapur, quien escribió que la mera posibilidad del invierno era necesaria para lograr la felicidad en los trópicos.

Cuando tuve hambre, y de repente tuve un hambre voraz, fui hacia el entoldado y pregunté qué podían servirme. El joven que me había ayudado con el equipaje, y que era la única persona que había visto en la playa desde mi llegada, me dijo que pollo. Al poco tiempo me trajo dos pequeños boles de plástico, uno rojo relleno de un caldo espeso y otro naranja relleno de arroz hervido. En el interior del caldo encontré dos o tres trocitos de carne. El resto era salsa. Me lo comí todo, no muy satisfecho, y le pregunté si no sería posible comer pescado por la noche. Su inglés era muy básico, así que no llegué a saber si tan siquiera me estaba entendiendo. Visto que ni siquiera podía resolver un asunto tan aparentemente sencillo como el de la alimentación diaria, dejé para después todas mis preguntas más serias. Fui a dormir la siesta bajo los árboles y cuando me desperté nadé y descansé en la playa leyendo.

A eso de las seis de la tarde se acercó a la playa una canoa con varios nativos. Se trataba de dos mujeres jóvenes y de un hombre de unos cincuenta años que resultó ser el propietario del precario complejo turístico. Estuve hablando con él y me aseguró que podrían servirme sin problema pescado y cangrejos para comer y cenar, y arroz o fideos para desayunar. Su inglés era correcto, y me resultaba cortés, interesándose por mis planes pero sin esperar explicaciones detalladas. Así que después de contarle de dónde era, cómo me llamaba y que ese no era mi primer viaje a Malasia, le pregunté si conocía a Alí, amigo de un inglés amigo mío llamado Paul Jenkins, muerto recientemente en un accidente de aviación en Borneo. Le dije también que había llegado hasta esta playa, pues quería conocer su casa y a Alí, con la esperanza de que este fuera capaz de explicarme algunas cosas de los días finales de su vida.

Aziz, que así se llamaba el hombre, me dijo que la casa de Paul estaba cerca y que se podía ir incluso andando desde allí, siguiendo unos senderos por la selva. Me confirmó que Alí vivía allí, que era su amigo, y que le daría el mensaje de que le buscaban por la mañana. Me sorprendió lo fácil que estaba resultando todo, así que después de una cena sencilla, un filete de barracuda a la plancha y unos cangrejos cocinados en una salsa tan picante como compleja, acompañado todo por un par de cervezas heladas, me fui a dormir creo que relajado.

Al despertarme me encontré de nuevo, únicamente, con el joven con el que la comunicación era imposible, así que después de devorar un gran plato de tallarines, lo que allí se desayunaba, me fui a pasear por la playa.

En el extremo norte desembocaba un arroyo, creando una suerte de pequeño delta que incluía a su vez una especie de piscina de aguas turbias. Cuando llegué allí, su orilla estaba repleta de varanos enormes, que al verme u oírme se lanzaron al agua asustados dando latigazos con sus poderosas colas. Vi también, en las ramas de los árboles que rodeaban la laguna, un martín pescador cuyas plumas eran de bellísimos colores metálicos. Busqué, después, un buen sitio a la sombra de los árboles cerca del agua, y de nuevo nadé, dormí y leí, y el día se me hizo largo, pues no había nadie con quien hablar ni tampoco sabía hasta cuándo iba a durar la espera.

Por la tarde me quedé dormido hasta que alguien me despertó dándome unos golpecitos en el brazo.

Era un hombre bellísimo, de unos treinta y cinco años, e inesperadamente musculoso, pues los malayos suelen ser delgados. Estaba agachado a mi lado, con el torso desnudo y sonriéndome. Me preguntó si yo era el amigo de Paul Jenkins.

Jamás me habían preguntado eso y me gustó cómo sonaba.

Me presenté, asintiendo, y cuando me pareció oportuno, le dije que todos los que habíamos conocido a Jenkins habíamos quedado devastados con las noticias del accidente. Me miraba fijamente y hablaba poco. Le invité a tomar una cerveza, pensando que estaríamos más relajados sentados a una mesa. Aceptó, y caminamos hacia el toldo de cañas.

Era increíblemente sexi, y, la verdad, entendí inmediatamente por qué Paul pudo vivir aquí tanto tiempo sin aburrirse. Era igual que un modelo para una campaña publicitaria de una playa paradisíaca como en la que precisamente nos encontramos. Su mirada era increíblemente limpia y me miraba curioso, y yo diría que divertido.

Hablamos un rato de cosas sin importancia, y resultó ser una persona de trato fácil, que iba al grano con presteza y que inspiraba confianza, así que me atreví a preguntarle si sería posible visitar su casa, de la que sólo había oído decir que era muy bella y que se encontraba en un lugar muy especial. Me dijo que podíamos ir enseguida, ya que estábamos al lado.

Me llevó hacia el otro extremo de la playa, el que yo aún no había explorado. Mientras andábamos, vimos ramas moviéndose frenéticamente, indicando la presencia de monos. El cielo estaba ese día algo cubierto de nubes y de niebla, anunciando probablemente una tormenta.

Justo antes de llegar al final de la playa, que terminaba en unas rocas, nos aventuramos por un pequeño sendero, que hubiera sido difícil de hallar entre la frondosa vegetación. El camino se introdujo primero hacia el interior, pero después iba más o menos en paralelo a la costa, y después de un buen rato de bordear una zona rocosa apareció de nuevo la arena a lo lejos, aunque esta vez salpicada de unas grandes rocas grises de dos y tres metros de altura, que finalmente desaparecieron, para revelar una pequeña cala magnífica, con un diminuto embarcadero en el que estaban amarradas dos canoas. Un montículo dominaba la cala y sobre él destacaba aún entre cocoteros una casa de madera tradicional, muy grande, y que inmediatamente reconocí como la que Paul había descrito en su carta a Thomas. Era evidentemente una reconstrucción de una casa tribal pero estaba muy bien hecha. Además, había envejecido con el paso del tiempo y las lluvias frecuentes, por lo que parecía haber estado allí desde tiempo inmemorial.

Allí me la enseñó, explicándome los pormenores de su construcción. Me mostró también los dibujos que Paul había realizado en Medan, donde encontró el modelo para la casa, y diferentes fotografías de edificios y detalles arquitectónicos. Estas casas tenían la apariencia de grandes barcos, y descansaban sobre una estructura de pilares. Se entraba en ella por una escalerita de mano, y la fachada estaba decorada con tallas de madera y estandartes de colores. Me explicó también que ellos mismos la habían edificado, ayudados por otras personas de la isla. Además de esta documentación, pude observar enormes montones de libros. Los estuve mirando, después de pedirle permiso a Alí, y descubrí mucha narrativa –Conrad, Chatwin, Mishima...–, y algo de poesía. La única parte de la biblioteca que estaba organizada era la dedicada a publicaciones sobre los tejidos del sudeste asiático. Lo tenía todo y más, prometedoramente. Y nada sobre arte contemporáneo, ni siquiera sus catálogos de exposiciones con mis textos.

Le pregunté a Alí si conocía el trabajo de Jenkins como pintor y me respondió que no, y que muy pocas veces hablaban de eso. Vi algunos tejidos, además de los estandartes, pero se trataba sobre todo de telas nuevas que uno podría llevar en la playa como pareos, pero nada remotamente cercano a una pieza de museo. Apenas había muebles en el interior de la casa, más allá de esteras y almohadones, los libros y distintos utensilios domésticos. Por fin, Alí me acompañó a mi playa y al despedirnos le pregunté si podía ir a visitarle, otra vez, al día siguiente.

Por la noche me costó dormir, intentando elaborar una teoría de la desaparición de las telas. Era cierto que no había podido registrar la casa y en ella había algún baúl y algunas cajas, pero nada parecía indicar que contuvieran tesoro alguno más allá de ropa o utensilios para la carpintería o la pesca.

Pasé el día, solo en la playa, incapaz de encontrar de nuevo el sendero para volver a la casa de Jenkins. Al mediodía llegó a la playa una pareja heterosexual de turistas franceses. Los dos eran guapos y jóvenes, y era obvio que estaban viviendo un gran amor pasional, porque después de instalarse en su cabaña se tumbaron en la playa, suficientemente alejada de la mía, y no pararon de abrazarse, besarse y explorarse, ajenos a todo. Nuestra mirada se cruzó un par de veces en momentos determinados y nos saludamos cortésmente pero no llegamos a iniciar ninguna conversación. Por la tarde comenzó a llover a cántaros, algo que hizo que me encerrara a leer y dormir en mi habitación durante varias horas, temiendo que el clima pudiera llegar a alterar mis planes de volver a verme con Alí.

Cuando amainó, sin embargo, anunciándose una puesta de sol espectacular, apareció Alí con su canoa y con ella fuimos hasta su cala, sin necesidad de repetir el *trekking* por la selva. Me dijo que iba a preparar unos pescados a la brasa, que me mostró, y que podíamos comer en la puerta de su casa. Traía también una garrafa de arak casero, por si yo nunca lo había probado. Le dije que no, pero que estaba seguro de que iba a gustarme.

Comimos y hablamos relajadamente, y el arak, que era muy fuerte, sin duda facilitó el flujo de la conversación. Me contó que había nacido en la isla y que su familia tenía unas cabañas para turistas en una playa del norte y también en Cherating, en la península. Había ido a la escuela en Kuantan, y después a vivir un tiempo en Kuala Lumpur, donde había conocido a Paul, quien en esos momentos buscaba un lugar en la playa para vivir después de haber pasado un tiempo en Penang, de lo cual me enteré entonces. Alí le recomendó la isla, y después de haberse tratado unos meses le convenció. Desde entonces habían vivido juntos.

Jenkins viajaba por la zona con regularidad. No sólo por Malasia, sino que también por los países cercanos como Indonesia, Tailandia o Filipinas. Cuando su avioneta se estrelló estaba recorriendo Borneo. No era cierto que viajara solo, y habían perecido todos los pasajeros, unas seis o siete personas, en el accidente. Había sido un duro golpe para él, pues habían sido felices hasta entonces. Pensaba ahora en irse a Kuala Lumpur por un tiempo, pero le costaba abandonar esa casa tan especial y en el lugar que más le gustaba del mundo.

La conversación era, como decía, fluida y fácil, y me pareció que Alí me otorgaba una gran confianza al hablar conmigo de cosas tan íntimas, así que me atreví a preguntarle sobre la colección de tejidos. Se mostró desconcertado, diciendo que Paul no coleccionaba nada. De hecho, varias veces le había dicho que quizá debería comprar algunos, más que nada para preservarlos, pues la gente como Xiang sólo estaba interesada en los beneficios que podían obtener con ellos. Al final, sin embargo, nunca se decidía a hacerlo, aterrado con la responsabilidad que el cuidado de la colección supondría, ya que al fin y al cabo vivían en una cabaña de madera al lado del mar en una de las zonas más húmedas del planeta. Insistí diciendo que esto no era lo que Xiang me había dicho durante años y que sabía con seguridad que existía una colección, aunque ya comenzaba a dudarlo. Después de negarlo una vez más, me sugirió que hablara con Xiang a mi regreso para clarificarlo. La información que yo tenía era falsa. Decidí creerle.

Alí me invitó a mudarme a su casa. Me quedé allí unos días con él. Hablamos de Jenkins y de su vida cotidiana. Me sentí extraño en su casa lejana y escondida, durmiendo a pocos metros de su amante.

Cuando regresé a Kuala Lumpur, Xiang no estaba en la ciudad. Había regresado a Kuching, así que me dispuse a seguirle.

Su versión de los hechos varió significativamente cuando nos vimos. Admitió que la idea de la colección de Jenkins fue un invento suyo con el que pensó me convertiría, como fue el caso, en su mejor cliente. Le estuve insultando durante horas, furibundo, mientras él ocultaba cualquier emoción que pudiera estar sintiendo. Eso me daba más rabia todavía. Decía que la colección que tenía valía mucho más de lo que había invertido en ella, y que eso era lo que importaba. Añadía que la tenía sólo gracias a él, y que, en el fondo, me había hecho un favor, al animarme. Tenía algo de razón, pero me fui pensando que nunca más volvería a verle.

De regreso a Europa, por supuesto, anuncié a todo el mundo que la colección de tejidos del sudeste asiático que había sido de Jenkins obraba en mi poder. Oculté, por supuesto, que siempre lo había estado. Pronto, me pidieron que organizara una exposición con ella en el Ashmolean de Oxford.

El libro, que terminé pronto y titulé como el célebre cuadro de mi propiedad, fue un gran éxito, especialmente en Inglaterra.

Zaini tenía cuatro esposas, el máximo permitido en Malasia. Le llamé, antes de regresar, y hablé un momento con él, pero se negó a facilitar un encuentro. No sentí emoción alguna, así que tal vez aquello hubiera sido lo mejor. Me dijo que no pensaba volver nunca a Occidente.

A Xiang, quien no tardó en escribirme, le compré un lote de telas de la isla Somba. Cuando pienso en él –siempre ha sido feo, horroroso, incluso– pienso en el extraño loro buitre de Papúa Nueva Guinea.

Venus invade la Tierra

Después de recibir su llamada se quedó inmóvil en el sillón, sentada en la penumbra y con la mirada baja. Si alguien la hubiera visto, pensaría que estaba admirando los dibujos de su vieja alfombra persa, comprada, tras regatear toda una tarde ya lejana, en el Gran Bazar de Estambul. Casi sin moverse, encendió un cigarrillo aspirando con fuerza. Luego sopló el humo formando aros perfectos.

Luzbel, su gato negro, ronroneaba en su regazo. Samantha le acarició el lomo y le pareció extrañamente frío. De pronto, el gato sacó las uñas, que ella sintió en ambas piernas, y dio un salto dando un maullido. Se escondió debajo del sofá. A veces era así de caprichoso.

Habían pasado por lo menos cuarenta años desde su visita a Ibiza, en aquella época en que se creyó capaz de cambiar el mundo, o por lo menos de contribuir a ello con todas sus fuerzas. Una época en la que existía una consciencia de grupo al tiempo que se enfatizaba la individualidad.

No se habían visto desde hacía ocho años, si Michael no se equivocó al recordárselo, cuando también la llamó para anunciarle una muerte: Andrew, en Goa, de una complicación hepática. Se reunieron entonces en un *pub* cercano, en Bethnal Green, y se tomaron unas pintas de cerveza tibia. Ahora le había llegado el turno a Ingrid, quien por lo visto vivía en el Haight-Ashbury de San Francisco regentando una boutique de ropa usada de estilo *hippy*. Michael decía que se había suicidado con medicamentos. Samantha se preguntaba cómo era posible que Michael, que vivía aislado en Yorkshire, en un *cottage* heredado de su madre tiempo atrás, pudiera estar al tanto de todos aquellos acontecimientos, habiendo seguido en contacto durante años, incluso mucho antes de la irrupción del correo electrónico, con sus amigos de entonces.

A Samantha no le gustaba acordarse de aquel tiempo desquiciado, unos años en que fue crédula y tonta hasta la médula, pero que en el fondo no lograba olvidar.

Decidió buscar algunas fotos. Le quedaban unas pocas. Estuvo abriendo cajones, de forma frenética, hasta dar con ellas. Estaban en un sobre anaranjado de tamaño folio. Lo apretó contra su pecho, mientras intentaba normalizar el ritmo de su respiración, agitada por el ajetreo de la búsqueda.

Con el sobre apretado en su regazo, fue a la cocina y se preparó un tazón de té, que bebía negro y sin azúcar. Luzbel, que la había seguido en todo momento, brincó para subirse a la mesa, y se restregó contra el cartón de la leche, maullando y reclamando atención. Samantha le apartó con el brazo, forzándole a volver al suelo. El gato salió entonces de la cocina, despacio, como si la ignorara.

De nuevo en el salón, después de sentarse y beber dos largos sorbos de té, dispuso las imágenes encima de sus piernas. Pasó las yemas de los dedos, muy despacio, por encima de todos aquellos rostros que la transportaban. Qué guapos habían sido todos. El oro radiante de la juventud.

Tiró la cabeza hacia atrás, cerrando los ojos, y apoyándola en una de las orejas de la butaca. Soltó una carcajada. Se acordaba de casi todo. ¡Menudo ridículo había hecho! Al menos ella no había acabado internada un tiempo en un manicomio como Ingrid, para suicidarse después, si era cierto lo que decía Michael, o en la cárcel como Andrew, arrestado por tráfico de drogas en Denpasar, y víctima posterior de una hepatitis C galopante.

Del único de quien no supieron nunca nada era de Pete. Había desaparecido. Alguien aseguró haberlo visto en Chiang

Mai, en el norte de Tailandia. Otras personas hablaron de Marrakech, o de Benarés, o de Belice...

Buscó una foto suya que ahora recordaba. Pete montando un burro ibicenco, con el torso desnudo, mirando a la cámara riendo. Nunca le había parecido tan feliz como en aquella imagen algo ridícula.

Recordó entonces el día de su llegada a la isla...

Le habían dicho que aquel lugar emanaba energías mágicas. También que estaba llena de gente como ella, que despreciaba a políticos y a profesores, desconfiaba de las religiones organizadas, y abominaba de la misma idea de una vida sin sobresaltos a la que aspiraba la masa.

Unos meses antes, Samantha había participado en un festival sobre las artes y el ocultismo que le había abierto los ojos. Bueno, así lo pensó en su día. Había leído, después, mucha literatura de la llamada espiritual: madame Blavatsky, Gurdjieff, Campbell, Castaneda... que aunque realmente le pareciera incomprensible en su mayor parte, le confirmaba que las cosas no eran sólo lo que una veía. También leyó a Burroughs, Lovecraft o Philip K. Dick, emocionándose ahora sí con sus idiosincrásicos laberintos torturados. Acababa, además, de romper con su novio, cuyo nombre en esos momentos se le escapaba, y quien estudiaba Económicas. Sí, le había dejado porque deseaba una vida menos convencional de la que podía anticipar con él. Le decían, además, que en Ibiza podría vivir varios meses sin preocupaciones aun con sus escasos ahorros.

El taxista la dejó a un lado de la carretera junto a un camino sin asfaltar por donde no quería aventurarse, alegando que su coche era nuevo. Sólo tenía que seguir recto hasta unas gigantescas matas de chumberas que se veían a lo lejos. El hotel estaba allí mismo, oculto por aquella vegetación meridional. Por lo visto era un edificio de una sola planta.

De camino, se cruzó por primera vez con Pete. Llevaba el pelo muy largo, liso y de un rubio casi blanco. Tenía los ojos de un verde clarísimo y los llevaba pintados con rímel, así que resaltaban de forma espectacular sobre su rostro pálido. Iba con el torso desnudo, descalzo, y con unos pantalones acampanados azules, estampados con topos de distintos tamaños, anaranjados y verdes. Era evidente que le gustaban las pulseras y los collares, y dos pequeños aros de oro agujereaban cada una de sus orejas. Era un pirata y era un vikingo.

–Me acabo de encontrar con Charlie Parker y Adolf Hitler en el interior de un agujero negro–, le dijo, mirándole de forma inexpresiva. Sus pupilas estaban dilatadas y andaba dando tumbos.

Samantha no supo qué contestar, así que sonrió sin decir nada. Aquel chico estaba drogado. En cualquier caso, le pareció muy atractivo desde ese primer encuentro.

El hotel, una antigua finca ibicenca encalada de blanco, rodeado de pequeñas construcciones independientes, formaba parte del grupo de recomendaciones de sus amigos. Le gustó que la recepción oliera a marihuana y que al entrar en ella sonara *Sympathy for the Devil* de los Rolling Stones. Varios letreros anunciaban comida vegetariana, cursos de yoga, té de hierbas naturales locales, masajes ayurvédicos o sesiones de meditación en grupo. Una estantería que llegaba hasta el techo estaba repleta de libros sobre magia, misticismo y religiones orientales. También se vendían gruesas velas de colores, incienso y sándalo, y unas gafas tintadas que supuestamente facilitaban ver el aura de las personas. Compró un buen surtido de todo ello, incluida una de aquellas extrañas gafas, mientras se resolvía el papeleo motivado por su llegada.

El recepcionista, el bueno de Michael, llevaba un chaleco sobre el torso desnudo. Iba con el pelo recogido en una coleta. Sus ojos curiosos chispeaban tras unas pequeñas gafas de cristales de espejo redondas.

La acompañó a su habitación, fresca y amplia, aunque también oscura, pues su única ventana era diminuta. Desde ella, sin embargo, se disfrutaba de una bella vista de la bahía, algo lejana.

Su vuelo había salido muy temprano desde Gatwick, así que Sam había llegado poco después del mediodía. Hacía muchísimo calor. Decidió ducharse y dormir un poco para estar despejada por la noche. Le habían advertido que las noches eran muy largas. Michael mismo le había contado que aquel día todo el mundo iría a una fiesta en la que un músico indio de Benarés, con gran reputación internacional, iba a tocar el sitar, acompañado en las tablas por un amigo suyo. Si quería, podían ir juntos con unas amigas que irían más tarde a buscarle, ya de noche. Seguro que encontrarían de todo en la fiesta, añadió guiñándole un ojo. Samantha había aceptado la invitación sin dudarlo, encantada con la idea de conocer gente enrollada nada más llegar.

Repartió las velas por toda la habitación y encendió unas barritas de incienso. Después se quitó las sandalias y abrió la maleta. Vació sus contenidos sobre un viejo sofá Chesterfield de dos plazas y piel marrón gastada. No se decidió a colocar las cosas en el armario, pues se sentía perezosa. Se tumbó en la cama y se quedó dormida hasta las cinco.

Cuando se despertó pudo comprobar que seguía haciendo calor. Miró por la ventana. El cielo estaba azul, sin atisbo de nubes.

Buscó entre sus cosas hasta encontrar la libreta en la que lo anotaba todo. La playa que le habían recomendado se llamaba Benirrás, donde por lo visto la gente se congregaba para ver la puesta del sol, bailando y tocando tambores.

Al llegar a la playa con un taxi que le había pedido Michael, e increíblemente barato, se desnudó y recogió su largo pelo rizado. Le gustó el ambiente. Jóvenes europeos de miradas amistosas y cómplices. Llevaban el pelo largo y abalorios de colores. Samantha pensó que se iban a cumplir todas sus expectativas.

Abrió la novela de Hermann Hesse que estaba leyendo y se tumbó boca arriba. No pudo leer más de diez minutos, sin embargo, antes de sentir que necesitaba entrar en el agua para refrescarse.

No estaba fría y le maravilló su increíble transparencia.

Nadó como si fuera la primera vez que lo hacía. Sentía una mezcla de emoción, curiosidad y excitación expectante.

Desde el agua contempló la playa y los parajes que la circundaban. El lugar poseía una belleza paradisíaca. El verde de los pinos, el gris oscuro de las rocas, el blanco amarillento de la arena y el azul del cielo despejado daban lugar a seductores contrastes cromáticos. Todo tenía carácter. El sonido de las cigarras de fondo era atronador. Y el mar, inmóvil y calmo, parecía un lago. Nunca había visto un agua así, de brillante color turquesa. Estaban, y eso le parecía increíble, tan sólo a finales de mayo, por lo que podía anticiparse un verano largo y caluroso.

Quería aprender y conocerse, se dijo mientras nadaba a braza despacio, contemplando lo que le rodeaba, e intuía que algo iría a su encuentro para ayudarle a lograrlo. Eso era lo que le indicaba el I Ching, método de adivinación al que recurría antes de tomar cualquier decisión sin importarle sus fundamentos acientíficos. Se sintió concupiscente.

Aquella isla, había leído poco antes de viajar, había sido colonizada por los fenicios, y llevaba el nombre de Bes, una deidad extraña, originaria de Egipto y asociada a los placeres libertinos. Había visto, poco antes de viajar a la isla, una estatuilla de la deidad en el Museo Británico. Era un enanito grotesco y barbudo que sacaba la lengua con un gesto obsceno.

A un lado de la playa y sobre unas rocas vio unas aves negras de cuerpos aerodinámicos. Se puso a nadar hacia ellas. Cuando se acercó desplegaron sus alas y volaron a pocos centímetros de altura en paralelo a la superficie del agua. Le gustó, otra vez más, aquella belleza tan nueva para ella.

Entonces vio a una chica desnuda que la miraba sentada sobre una roca. Cuando notó que la había visto, la chica le hizo señas para que se acercara. Era muy delgada y llevaba el pelo cortísimo, casi rapado.

–No te había visto nunca por aquí–, le dijo, con leve acento alemán, cuando Samantha salió del agua. –Me llamo Ingrid.

–Soy Sam y acabo de llegar hoy mismo. Estaba admirando la belleza de esas aves extrañas.

–Ah, sí, los cormoranes... A mí no me gustan demasiado. Su plumaje oscuro me recuerda al de los cuervos... Si te gusta la ornitología, en Salinas, en el sur de la isla, podrás ver flamencos... Esas aves sí que son bellas. Elegantes y de color rosa.

Samantha se sentó a su lado. Desde aquella posición no se veía la playa, sino el mar abierto. Se quedaron en silencio un buen rato, escuchando el rumor del mar.

–¿Dónde te estás alojando?–, le preguntó Ingrid.

Era una mujer bella y ambigua.

–En el hotel Pixis.

–Ah, muy bien, un sitio perfecto. Aunque con demasiados ingleses para mi gusto...

Las dos se rieron.

–¿Llevas mucho tiempo aquí?

–Este es mi tercer verano. El invierno lo paso en Goa, en la India...

–Qué suerte tienes. No sé cómo será la India, pero Ibiza me parece ya un lugar precioso, incluso romántico–, dijo Samantha. –Aunque justo lo encuentro cuando ando sin pareja.

–Yo prefiero las relaciones abiertas–, dijo Ingrid. –Mejor no complicar las cosas.

Las dos rieron otra vez.

–Te entiendo... Pero siempre aparece alguien que creemos especial, abriéndonos a la posibilidad del desengaño. ¿Acaso no te pasa a ti lo mismo?

–Bueno. Tengo un amigo de la infancia en Düsseldorf, pero no somos posesivos ninguno de los dos... Diseñamos joyas...

Las vendo en el mercadillo de Las Dalias. Ya verás... seguro que alguna es para ti... También tengo una aventura interesante aquí, así que no me quejo.

Lo dijo de una forma que sonó a triste, aunque tal vez fuera por la tristeza de su mirada.

–¿Y tú, qué haces? –le preguntó Ingrid al cabo de un rato.

–Estudiaba Psicología, pero ahora estoy más interesada en cosas como la astrología...

–Te aviso que aquí no serás la única con esos intereses.

–Pienso que la locura no es una enfermedad, sino que es un mecanismo de defensa del cuerpo, y de la mente, claro, para contrarrestar o corregir a una sociedad que sí está enferma... ¿Has oído hablar del cometa Kohoutek? Se está aproximando en estos instantes a la Tierra y hay quien dice que su llegada va a marcar un gran cambio en la conciencia colectiva de la gente... Estuve en unas conferencias en las que explicaron todo esto.

–A mí me interesa más pasármelo bien... Cualquier excusa es buena para una celebración, sin embargo. Ya me tendrás informada –dijo sonriendo.

De pronto se levantó.

–Volvamos a la playa.

Se zambulleron juntas.

Samantha nadó a crol con energía hasta llegar a la orilla. Al llegar, Ingrid había desaparecido. Quizá había vuelto a su escondrijo privado entre las rocas. Recorrió con la mirada ambos lados de la playa, algo desconcertada. Por fin, Samantha se tumbó sobre su toalla para disfrutar del sol. Estaba segura, sin saber por qué, que volvería a ver a Ingrid.

De regreso al hotel, Samantha se dio cuenta de que se había quemado la piel. Michael, al verla enrojecida, le dio unas hojas de agave, un tipo de cactus que crecía en la isla, diciéndole que las partiera y se aplicara en abundancia sobre la piel el líquido que se obtenía de su interior. Pasaría a buscarla por la noche para fumarse unos porros antes de ir a la fiesta. Si quería comer algo, mientras tanto, podía hacerlo en el hotel. Tenían un gazpacho muy bueno, que le sugería si nunca lo había probado, y berenjenas rellenas de carne. Servían además tartas caseras inglesas imposibles de resistir, de pera limonera, ciruela claudia o ruibarbo.

Ya tarde, cuando Sam pensaba que se habría olvidado, Michael fue a recogerla a su habitación acompañado de dos chicas, Lota, que era suiza, y Loulou, que era francesa. Michael las llamaba *Ele* y *Doble ele*. Los tres ya estaban drogados, como demostraban sus incontrolables risas constantes.

Samantha, que era presumida, había escogido con cuidado su ropa antes de viajar a la isla, y Lota y Loulou, que vieron sus cosas, recién llegadas de las *boutiques* más afamadas de Londres, plegadas sobre el sofá, dijeron que tenían que probárselas. Empezaron a desnudarse y a lanzar la ropa por el aire. Acabaron besándose los cuatro, tumbados en la cama, emporrados y muertos de la risa.

Llegaron a la fiesta justo antes de medianoche, lo que según Michael era el momento adecuado para hacerlo. El lugar estaba repleto de velas, encendidas por todas partes, cubiertas por esferas de cristal soplado de distintos colores. Se trataba de una bella finca ibicenca, antigua y apenas sin restaurar, rodeada de almendros, algarrobos, higueras y distintos árboles frutales. El blanco de sus muros encalados reflejaba la luz de la luna, dándole a todo una atmósfera irreal y preciosa. Había una hoguera frente a la casa, y una cincuentena de personas escuchaban a un músico que tocaba el sitar con habilidad prodigiosa, acompañado por dos percusionistas. Uno de ellos era Pete, el chico de las pupilas dilatadas y el pelo largo y rubio.

Apestaba por doquier a hachís y a pachuli.

La gente bebía vino y cerveza sentada en el suelo sobre almohadones mullidos, alfombras tribales de Marruecos y pieles de cabra y oveja.

Lota le dijo a Samantha que la casa era de un tal Andrew, un inglés del que se decía que practicaba la magia. Era un hombre intrigante y carismático, además de guapísimo. Ya lo veía. Llevaba la cabeza rapada y una larga barba canosa. Vestía siempre de negro, a veces con túnicas, y era delgado, aunque fuerte de constitución. Se sabía que era amigo del gurú Mahesh Yogi Maharishi y también tenía una casa en Goa. Conocía a mucha gente en el mundo del *rock*. Pura aristocracia ibicenca.

Loulou, que había desaparecido, se acercó entonces a ellas metiéndoles a ambas algo en la boca.

–De parte de Michael... Sólo medio porque son muy fuertes. Y dejad ya de hablar.

Al principio no sentía nada, pero de pronto, después de haberse aproximado a los músicos avanzando bajo los árboles, empezó a sentir cómo estos se movían. Sus ramas crecían a una velocidad vertiginosa. Por algún motivo se enroscaban a su alrededor, formando complicadas mallas pulsantes. Uno de los almendros parecía un mandarín malvado, y otro una deidad tibetana tántrica con cientos de brazos... El fuego de la hoguera, delante de los músicos, se convirtió en un surtidor de imágenes que salían a chorro. Todo estaba envuelto por la música del sitar y de las tablas, que podía escuchar con claridad asombrosa, como si entendiera las leyes armónicas y rítmicas a las que obedecía. Le parecía incluso que era capaz de tocar la música, convertida en una sustancia visible.

Comenzó a bailar. Cimbreaba lenta y sensualmente las caderas, con los brazos levantados, mientras dejaba que la melena le ocultara la cara. Vivía en el ritmo y en la luz. Lota y Loulou, a su lado, hacían lo mismo. Las tres eran como los dedos de una sola mano.

El mundo era un líquido gelatinoso de colores intensos y les rodeaban sus brillos prodigiosos.

Cuando se despertó estaba acostada con alguien que no podía ser sino Andrew, a quien no recordaba haber conocido en el transcurso de la fiesta. Se incorporó. Andrew todavía dormía y a su otro lado, aquella cama era enorme, dormía también Ingrid, a quien tampoco recordaba haber visto durante la noche, abrazada a Pete. Ni rastro de Michael, o de *Ele* y *Doble ele*.

Su percepción seguía estando alterada, aunque sus alucinaciones eran ahora mucho más suaves, meros parpadeos eléctricos alrededor de los objetos en los que fijaba su mirada.

Andrew abrió los ojos. Le sonrió y la cogió del cuello.

–Túmbate. Es todavía pronto.

La besó, colocándose sobre ella. No le importó que Ingrid y Pete durmieran a su lado.

Después fueron a la cocina medio desnudos para prepararse un café. Los otros seguían durmiendo.

–Ingrid me ha hablado de ti. Me ha contado que sabes lo del cometa. Vente a casa. Es absurdo que pagues un hotel.

Samantha se sorprendió a sí misma aceptando la invitación. Las cosas estaban yendo de maravilla.

Después de tomarse el café en silencio con aquel hombre misterioso volvió al dormitorio con la intención de acabar de vestirse.

Ingrid había desaparecido. Pete estaba despierto en la cama.

–Acércate.

Se sentó junto a él.

Pete le acarició la cadera siguiendo su curva, lentamente, con las yemas de los dedos. Sus ojos verdes eran algo así como un milagro.

Samantha vio cómo Andrew les observaba desde la puerta.

Samantha se instaló en aquella casa, que le parecía la entrada al mundo que buscaba.

Pasaba mucho tiempo en la biblioteca, donde encontró, además de un raro libro de Jung sobre los encuentros con extraterrestres, otro de un brasileño llamado Dino Kraspedon, titulado *Mis contactos con los platillos volantes*, que le fascinó de forma obsesiva. El autor, que declaró que trabajaba para autoridades venusianas, había sido detenido por la CIA acusado de terrorismo. También leyó otros libros que le parecieron estimulantes como *Lo oculto*, de Colin Wilson, una obra maestra absoluta; *Sumo sacerdote*, de Timothy Leary; *La brujería hoy*, de Gerald Gardner; o *El renacimiento mágico*, de Kenneth Grant... entre muchos otros libros por el estilo. No podía entender cómo tanta gente daba la espalda a estos fascinantes sistemas de conocimiento ancestral.

Poco a poco, instalada en una consciencia alterada permanente, drogándose a todas horas, y en aquel ambiente, creyó que los acontecimientos que conformaban su vida comenzaban a ordenarse. Era como si hubiera nacido con una misión que estaba a punto de llevar a cabo.

Andrew le decía que verdaderas manifestaciones de cambios psíquicos aparecían siempre al final de los periodos temporales con los que los astros medían el tiempo. Según él, esas alteraciones de los dominantes psíquicos propiciadas por las estrellas provocaban a su vez una transformación radical de los arquetipos subyacentes, incluidos los que habían conformado a los mismos dioses. Todo estaba clarísimo. La cristiandad, era sabido, empezó con la llegada de la Era de Piscis, y ahora estábamos al alba de un nuevo momento. Las constelaciones nos avisaban, sin ambigüedades. Empezaba la Era de Acuario. Andrew aseguraba, además, que sus conocimientos de astrología le habían permitido averiguar la fecha exacta de aquella relevante transición, y que esta tendría lugar ese mismo año, 1972, ya muy pronto, después de la llegada del cometa Kohoutek. Andrew le decía también que el hecho de que ellos se hubieran conocido justo antes era una señal. Iban a ser protagonistas de aquel cambio portentoso que sin duda se aproximaba. Ansiaba a ver cómo sería después el mundo.

Cuando después de aquellas intensas charlas hacían el amor, Samantha se sentía orgullosa, elegida. Cuando mucho después rememoraba aquellos días, le parecía increíble que se lo hubiera creído todo, incluso estando bajo el efecto permanente del ácido lisérgico. Pero así había sido. Se lo había creído todo a pies juntillas. Quienes no veían las cosas como ellos no eran más que idiotas lobotomizados por las convenciones sociales y religiosas.

Ingrid y Pete apenas hablaban de aquellas cosas, pero obedecían y acataban todo lo que decía Andrew, a quien de alguna forma consideraban su líder.

Un día, Andrew les dijo que iban a organizar una gran ceremonia en el islote de Tagomago, para recibir la llegada de la nueva era. A Samantha le pareció un desarrollo razonable de las cosas.

Andrew llevaba días hablándole de Charles Manson, a quien admiraba, y de la conspiración que decía se había edificado en su contra. Creía, también, como el gran Abbie Hoffman, otro de sus ídolos psicodélicos, que tenían que vivir sintiendo un orgasmo permanente, y que la realidad era subjetiva.

Andrew predijo que Timothy Leary iba a ser arrestado por el FBI en Kabul, pero que una vez transportado a América escaparía de la prisión. Samantha no dudaba en absoluto que aquello fuese cierto, igual que lo creían todos.

Samantha sentía que le entendía de una forma plena y trascendente. Extasiada, se veía a sí misma no ya cerca, sino siendo una parte integrante de su mismo ser. Su arrebato era tan poderoso que le permitía incluso, o al menos así lo creía, el viaje astral. Por la noche, estaba convencida, iba y venía por el cielo de Ibiza. También creía que eran capaces de comunicarse mediante la telepatía. Sus cuerpos estaban unidos por una misma luz y consciencia.

Cuando Andrew no estaba, ni tampoco la misteriosa Ingrid, Samantha pasaba el tiempo con Pete, follando sin parar. Escuchaban discos de los Doors. Pete le dio a conocer, además, los extraños universos sonoros de grupos nuevos como Can o King Crimson.

A Pete le encantaba drogarse y estaba colocado la mayor parte del tiempo. No hablaba mucho, pues vivía feliz replegado en su interior distorsionado.

Lota y Loulou estaban celosas de su amistad y de la carnalidad en la que se desarrollaba, pues ambas estaban también encaprichadas de él y le seguían a todas partes. Y Michael las seguía a ellas. Ingrid, por su parte, estaba contenta siempre que estuvieran todos presentes. A ella no parecían preocuparle las especulaciones místicas que dominaban a todo el grupo.

Samantha intentaba describir sus experiencias con el ácido en su libreta. Escribía cosas como que sus miembros se tornaban elásticos y el aire se convertía en un líquido pringoso. Tenía visiones caleidoscópicas. Veía formas de templos dravídicos y pagodas tailandesas. También ornamentaciones islámicas, complejos mosaicos y gemas refulgentes. Se le aparecían reptiles, pájaros, anfibios y peces... convertidos todos en raras especies fantásticas en constante mutación. Las imágenes eran complicadas hasta que de pronto llegaba a amplias llanuras o panoramas abiertos. El tiempo quedaba ahí anulado y el pasado y el futuro coincidían inefablemente. Se le aparecían entonces chamanes siberianos que le cantaban cálidas bienvenidas. Toda esta fantasmagoría que podríamos llamar oriental era más interesante que la realidad normal, sin duda limitada e intrascendente. Estaba segura de que en esta realidad más profunda en la que habitaba ahora encontraría de alguna forma los secretos del universo.

Leyó también *La diosa blanca* de Robert Graves. La poesía era un acto mágico en sus orígenes. Se imaginaba ser una sacerdotisa de un bello y secreto culto lunar. Amaba los rituales secretos. Todos trabajaban para liberarse de la cárcel de los cuerpos físicos que habitaban.

Y empezaron a prepararse para la celebración, en Tagomago, la noche de la supuesta llegada del cometa.

Consiguieron gallinas y cabras, que iban a ser sacrificadas.

Prepararon cantidades ingentes de hachís, marihuana, heroína, hongos y LSD.

Esa noche ardería una gran hoguera y bailarían a su alrededor hasta el amanecer.

Se reunieron en el islote una treintena de personas.

Ardían grandes hogueras y sonaba una música envolvente. Andrew, que llevaba collares dorados con símbolos egipcios sobre una túnica negra, repartió ácidos, como si diera la comunión.

Después, cuando la droga ya había hecho efecto, cortó el cuello de todos los animales. Uno por uno. Recitaba al hacerlo, con parsimonia, fórmulas mágicas incomprensibles. Ingrid recogía la sangre de los animales decapitados en cálices que habían robado en la iglesia de santa Gertrudis, e iba embadurnando con ella los cuerpos semidesnudos de los bacantes. Todos bailaban juntos, amontonados. Algunos tocaban instrumentos de percusión, címbalos y tambores de Ketama.

Algo, de pronto, sin embargo, comenzó a desmoronarse. Pete sentía emociones paranoicas. Samantha, que no dejaba de reírse con carcajadas espasmódicas, se sintió contagiada por el estado de ánimo de su amigo, de quien no quería separarse. Este gritaba despavorido, así que la risa de Samantha, respondiendo a su ansiedad, se transformó en un sentimiento de pánico irreprimible. Sin saber muy bien qué era lo que aterrorizaba al otro, los dos se sentían presas de la histeria más absoluta.

Andrew, dándose cuenta de que los dos estaban pasando un mal momento, les obligó a apartarse y los llevó, ayudado por Ingrid, a un lugar entre las sombras, intentando evitar que su influencia resultara negativa para los otros. Encargó a Ingrid que les atara a un pino, para asegurarse de que no volvieran a mezclarse con los demás durante los rituales que tenían que llevarse a cabo. Nadie tenía que verlos o hablar con ellos.

Después, y sin perder los nervios, volvió a la celebración que se encontraba en pleno apogeo.

Samantha y Pete se encontraron atados a un árbol, abandonados a sus distintas visiones horribles complementarias.

Pete comenzó a hablar, tal vez más de lo que había hecho nunca. Le dijo a Samantha que estaba convencido de que Lota y Loulou querían robarle semen y que Andrew lo usaría para engendrar al mismo diablo. Una vez que se lo robaran iban, sin ninguna duda, a sacrificarlos, tal y como estaban haciendo ahora con gallinas y cabras. Si no fuera así no les habrían atado lejos de todos.

Tenían que escapar. El pánico que sentían era absoluto. Pete inmerso en una manía persecutoria y Samantha viendo ahora cómo las sombras que les rodeaban se convertían en seres deformes y malvados que iban a destruirles.

Afortunadamente, Ingrid, que también estaba drogada, les había atado de cualquier manera, y lograron liberarse.

Corrieron hacia los botes con los que habían desembarcado en el islote, desatendidos ahora en una pequeña cala colina abajo.

Pete creía que les perseguían monstruos. Entre ellos unas morsas sorprendentemente ágiles, espeluznantes y viscosas. Los ojos de las morsas eran rojos, como láseres penetrantes. Y estas, sin duda, iban a ser capaces de perseguirles por el agua, donde con toda probabilidad serían aún más rápidas y peligrosas.

Se metieron en uno de los botes y remaron con todas sus fuerzas hacia Ibiza. Sam lloraba.

Consiguieron alcanzar tierra firme. Estaban exhaustos, casi desnudos y recubiertos de tierra y gotas de la sangre seca de los animales muertos. Dejaron el bote en la playa y fueron hacia la carretera.

Salía ya el sol y se cruzaron con una mujer ibicenca que conducía un seiscientos de color café con leche. Se detuvo al verlos perdidos y desquiciados y salió del coche. Iba vestida de negro de la cabeza a los pies.

Samantha comprendió enseguida que se encontraba ante una nave espacial venusiana que había sido enviada para recogerles. Miró a Pete, sonriendo feliz.

–Deprisa. Entra en la nave. Estamos salvados. Venus invade la Tierra.

La mujer les llevó a un hospital. Al llegar, y mientras explicaba los pormenores de su encuentro en la recepción, Pete recuperó parte de su consciencia. Cogió de la mano a Samantha y se escaparon otra vez. Mejor no buscarse complicaciones.

Pete recordó que no estaban lejos de casa de unos amigos, y allí se dirigieron. Sus amigos les dieron alojamiento. Pete y Samantha durmieron durante veinticuatro horas.

Al despertarse era otra vez de noche. Tenían hambre y se cebaron con una enorme sandía fresca y jugosa.

Luego, volvieron a la cama.

Samantha, mirándole mientras dormía, pasado el efecto de las alucinaciones, pensó que aquel era, a pesar de todo, el mejor verano de su vida.

Se fue a la piscina y nadó en la oscuridad.

Pensó en Andrew degollando gallinas y cabras. Recordó cómo les habían atado a un árbol. Y cómo había creído que entraba en una nave espacial.

Se sintió entonces terriblemente asustada. Tal vez había llegado el momento de volver a casa.

Melania Trump, el hámster
y los tacos de cochinita

Este año saqué muy buenas notas, así que mamá me dijo, al acabar el curso, que podía ir a pasar todo el verano en casa de la abuela. Además, podía viajar con Melania. Sería su primer viaje en avión. Mamá dijo que algunas aerolíneas aceptaban este tipo de mascotas y que no tendríamos problemas.

Esa misma noche me trajo una jaula pequeñita y dorada que tenía la forma de una avioneta. Era tan bonita que estaba segura de que le gustaría a las dos Melanias, a mi hámster, que iba a viajar en ella, y a la primera dama, que era la mujer más guapa del mundo. Suponiendo, claro, que ella llegara a verla.

El año pasado sólo me dieron permiso para ir a casa de la abuela durante diez días, pero entonces papá y mamá no se peleaban. Muchas veces íbamos al cine todos juntos, a comer hamburguesas con kétchup y mayonesa, o a jugar en el parque, donde disfrutábamos de un pícnic sobre la hierba a la sombra de los árboles. Papá me avisaba cuando avistaba ardillas, que son muy divertidas.

La casa de la playa de la abuela es grande, y muy bonita, y puedo recoger conchas por allí siempre que quiera. Pensé que si este año encontraba una muy grande le pondría a Melania la comida en ella.

Mamá decía que era mejor que ellos estuvieran solos unos días para hablar de sus cosas. Sin embargo, los días previos al viaje no hablaban nunca el uno con el otro, o si lo hacían acababan gritándose. Mamá lloraba por cualquier cosa y se declaraba idiota e infeliz. Yo me quedaba callada, no fuera a atraer aquella ira y resentimiento sobre mi cabeza.

Antes, a papá y a mamá les daba miedo que nadara sola en la playa, aunque la abuela tampoco me daba permiso para ello. Voy a la playa con las niñas del vecindario, porque, para empezar, si fuera sola me aburriría. Este año, además, me han empezado a crecer las tetas, así que se supone, aunque no me guste hablar de ello, que soy una persona responsable.

Kathy es mi mejor amiga, sin contar antes a mi Melania. Suele llevar el pelo recogido en una trenza y tiene los ojos verdes. Es muy guapa, más que sus hermanas, Susan, Carol y Debbie, que es la pequeña y es muy graciosa. Jugamos juntas y, como son cuatro, tienen muchas muñecas y otros juguetes. También tienen otras amigas, como Roselyn, que es un poco tonta, pero es la dueña de un gato persa que se llama *Garbanzo*, porque tiene ese mismo color. Tom, el hermano mayor de Kathy y de sus hermanas, tiene dieciséis años, y ya se afeita el bigote. Su madre le dice, como es el mayor, que tiene que vigilarnos a todas, pero él asegura que se aburre con nosotras. No sabía qué iba a pensar al respecto, este año, cuando viera mis tetas. Kathy me dijo que últimamente ese, las tetas de las chicas, era uno de sus temas predilectos.

El agua de la orilla es poco profunda y los islotes de la bahía frenan la fuerza de las olas del océano. Esto lo sé porque me lo dijo la abuela. También dice que parezco una sirena. Un sirenita pecosa y encantadora.

Mamá me ayudó a hacer la maleta por la noche. Llevaba mis dos vestidos favoritos: uno azul con florecitas y regaderas, y otro de rayas blancas y rosas. Las rayas rosas son más anchas que las rayas blancas. También llevaba un bañador amarillo, nuevo y por estrenar, que me parecía el colmo de la elegancia.

Mamá me dijo que tenía que ser obediente con los mayores, que siempre saben qué es lo correcto. Me hizo prometerle que me acordaría de aquello, y también que me iría a la cama cuando me dijeran, o que me comería todo lo que me sirvieran en el plato. La abuela prepara los mejores panqueques del mundo, así que esto no sería un problema. Los mojaba en sirope de arce y los acompañaba de arándanos y queso fresco espolvoreado de canela. La abuela también prepara un pollo frito al estilo sureño, *pizzas*, pasteles de cangrejo, sopa de almejas y tartas de cereza. Cocina muchísimo mejor que mamá, que siempre está agobiada y no tiene tiempo para nada. Ese no sería el caso si papá se dignara a ayudarla, repite una y otra vez, pero él prefiere mirar el béisbol hundido en su butaca y bebiendo latas de cerveza.

Papá me llama Caracol y eso me gusta. Me gusta mucho. Su barba me hace cosquillas cuando me da besos en la frente.

Aquella mañana descubrí que papá no había pasado la noche en casa y mamá estaba triste, susceptible y nerviosa. En el coche, de camino al aeropuerto, encendió la radio y subió el volumen. Cuando empezó a sonar una canción de Kendrick Lamar que le gustaba se puso a cantar como una loca, como si no pasara nada y para hacerme reír. Pero no me engañaba. Cuando empecé a llorar dejó de cantar y apagó la radio. Me acarició la cabeza sin decir nada. Yo miraba por la ventana los coches que adelantábamos a toda velocidad por la autopista.

Melania estaba contenta dentro de su nueva jaula dorada con forma de avión. La puse dentro, poco antes de salir de casa, y fue de un lado a otro, olisqueándola con su pequeño hocico. Se la veía tranquila, y al poco tiempo estaba comiendo pipas como si nada. La jaula me cabía en la mochila, así que viajaríamos juntas. Mamá dijo que podría poner la jaula entre mis pies debajo de mi asiento.

En el aeropuerto, mamá me acompañó hasta el punto en el que se le permitía hacerlo. Era la primera vez que yo viajaba sola, pero siendo inocente como era no estaba preocupada. El vuelo duraba menos de tres horas y yo llevaba un cuaderno para dibujar si me aburría.

Las tapas del cuaderno estaban forradas con fotos de la primera dama, luciendo mis modelos predilectos. De mayor quiero ser como ella. Voy a tener los mismos zapatos plateados de Louboutin con los que se pasea por el mundo. Tienen unos tacones de doce centímetros. Son unos zapatos alucinantes. Muy guay. Los más bonitos que he visto nunca, aunque sean difíciles de usar.

Me di cuenta enseguida de que la azafata era una mala persona. Dijo que se llamaba Milagros. Era muy delgada. Tenía un tic en el ojo derecho, que parpadeaba todo el rato, sin duda fuera de control. Llevaba el pelo recogido sin cuidado y los labios rojos. Era fea, con los ojos pequeñitos y una nariz puntiaguda que le daba un aspecto de pájaro. Y no creo que fuese a la peluquería con la frecuencia necesaria, algo que mamá, a pesar de todo, no descuidaba nunca.

La abuela me esperaba en Bangor. Habíamos hablado por Skype antes de acostarme. Tiene un Buick Riviera de color rojo y dos galgos a los que les gusta correr sobre la arena. Uno se llama *Pebbles* y el otro *Bamm-Bamm*. Esperaba que no asustaran mucho a Melania cuando ella les conociera, pues son grandes y ruidosos. *Pebbles* y *Bamm-Bamm* me siguen a todas partes.

Milagros dijo que yo podría embarcar la primera y que, si era buena, me enseñaría la cabina de mandos durante el vuelo. Mamá se fue entonces, dándome un abrazo tan fuerte que me hizo daño y me puso nerviosa.
–Prométeme que obedecerás todo lo que te diga esta señorita tan amable –dijo.
Y no se fue hasta que yo asentí con la cabeza.

Cuando mamá desapareció empezaron los problemas. Me senté donde me indicaron y saqué mi cuaderno para dibujar. Milagros vio las fotos de Melania Trump recubriendo mi libreta y me dijo que aquella mujer era un monstruo, y que una niña mayor como yo no tendría que poner sus fotos en la cubierta de su libreta favorita. Yo miré una de las fotos de Melania, un retrato en el que se la veía fantástica con un vestido rojo que era un escándalo, y luego miré a Milagros, de arriba abajo también, comparándolas mentalmente. Ni por asomo.
Aunque no me pareció oportuno decirlo en voz alta.

Ya no tenía ganas de dibujar, así que guardé la libreta. Aproveché para ver cómo estaba Melania, en su jaula dorada y con forma de avión. Estaba tranquila. Milagros no se dio cuenta de nada porque se había ido un momento para hacer alguna cosa.

Cuando anunciaron que mi vuelo a Bangor estaba a punto de embarcar, volvió Milagros. Me cogió de la mano y atravesamos juntas una pasarela de cristal desde donde se veían muchos aviones. El que me pareció más bonito era de Swiss Air y tenía una cruz blanca en su cola roja.

Una vez dentro de la cabina del avión, Milagros me sentó al lado de la ventanilla en la primera fila, y me dijo que iba a viajar en clase preferente. Luego me pidió que le diera la mochila para colocarla en el compartimento superior. Dijo que así estaría más cómoda. Cuando hablaba, Milagros sonreía, pero era una sonrisa falsa. Era como si desde que hubiera visto las fotos de Melania me hubiera cogido manía.

Antes de que pudiera quitarme la mochila, saqué la jaula. Milagros dio un grito terrible y se puso como una loca, gesticulando y moviéndose mucho, además de repetir que no estaba permitido viajar con roedores, y que teníamos que sacar de inmediato aquel bicho del avión.

Dije, por supuesto, que sin Melania yo no viajaba a ninguna parte.

Milagros se enfureció más todavía, diciendo que no se podía creer que le hubiera puesto el nombre de esa zorra repugnante a una rata asquerosa.

Dije que Melania era un hámster y que no era una rata asquerosa, como cualquiera podría ver fácilmente. Y que Melania, la primera dama, no era una zorra repugnante. Tal vez fuera ella una envidiosa, por no llegarle ni a la suela de los zapatos.

Milagros no contestó. Creo que no se atrevía ni a tocar la jaula, pero me ordenó que la siguiera. Me obligó a entrar con ella en el lavabo y cerró la puerta. El resto del pasaje todavía no había comenzado a abordar el avión.

Milagros estaba llorando. Se la veía muy alterada. Todavía más loca que mamá en el coche de camino al aeropuerto, pisando el acelerador en la autopista. Entonces yo también me puse a llorar. Tenía miedo y agarraba la jaula con las manos, apretándola contra mi pecho. Temblaba. Melania estaba ahora nerviosa y se daba golpes contra los barrotes de su jaula.

–Mira niña –dijo entonces Milagros–. La rata no viaja, ¿me entiendes? Sólo me faltaba eso. La vas a sacar de la jaula y la vas a tirar al váter. Ahora mismo... Ya sabes que tu madre te ha ordenado que me obedecieras.

No me había equivocado. Aquella mujer era malvada. Y seguro que además era también peligrosa.

Como si me hubiera leído el pensamiento, me dio la primera bofetada. Me cogió por sorpresa. Me puse a chillar indignada. Estaba muy asustada. Me volvió a pegar diciendo que me callara.

–No lo entiendes, niña idiota y mimada. Tu asquerosa rata no va a viajar en este avión. La vas a tirar al váter ahora mismo.

La llamé cerda y cabrona.

Volvió a pegarme indignada, repitiendo que ningún hámster se iba a meter en su avión y que dejara de insultarla.

Entonces le mordí con fuerza en el brazo hasta sentir el sabor de su sangre. Milagros me cogió del pelo y empezó a golpear mi cabeza contra la puerta. Era una bestia salvaje.

Logré acurrucarme en el suelo para protegerme y la jaula se me cayó. Ella le dio una patada. Melania chillaba aterrorizada. Unos chillidos agudos que nunca antes le había oído y que ahora oigo cuando tengo las pesadillas.

Alguien afuera comenzó a dar golpes en la puerta del baño. Una mujer preguntaba qué estaba pasando, conminándonos a que abriéramos la puerta. Cuando lo intenté, Milagros volvió a golpearme, sin dejar de dar patadas a la jaula en el suelo, que golpeaba las paredes de aquel pequeño espacio una y otra vez. Las patadas acabaron rompiendo los barrotes y Melania, tras una de aquellas coces furibundas, salió despedida. Milagros, al ver a Melania liberada, se puso todavía más histérica. Gritaba como si fueran a matarla.

–¡Tira la cochina rata al váter! ¿Me has oído? ¡Tírala ahora mismo antes de que me suba por las piernas! ¡Dios mío, es asquerosa! ¡Obedéceme enseguida, niña mimada y odiosa! ¡Mira que eres estúpida!

Y entonces, aterrorizada, queriendo detener aquella tortura, y que dejaran de pegarme e insultarme, cogí a Melania y la tiré al váter. Resbaló indefensa por su superficie metálica y apreté el botón. Melania desapareció con un chorro de agua ruidoso. Sólo entonces me di cuenta de la atrocidad de todo aquello.

Milagros, sin embargo, pareció calmarse. Las dos estábamos sentadas en el suelo llorando, una frente a la otra, mirándonos a los ojos.

Nunca había sentido un odio igual.

Mientras estábamos así, quietas y llorando, seguían dando golpes a la puerta. Me pareció que tenía que hacer algo si quería salir de allí, así que me levanté de un salto y corrí el pestillo antes de que Milagros pudiera detenerme. Ella, sin embargo, no se movió. Ahora parecía calmada.

Tras la puerta aparecieron otras dos azafatas con el rostro preocupado. Me abracé a la cintura de una de ellas gritando que Melania estaba muerta por culpa de Milagros.

Un pasajero, un chico joven con el pelo rizado, nos estaba haciendo fotos. Las azafatas le ordenaron que fuera de inmediato a sentarse en su asiento correspondiente.

Milagros seguía agachada en el suelo, acurrucada y llorando. La segunda azafata dijo que iba a buscarle un calmante.

Yo estaba tan asustada que no podía ni hablar. Una de aquellas azafatas amables me acompañó a mi butaca. Me senté apretando la jaula vacía en mi regazo.

Sin que me diera cuenta el avión había despegado.

Tenía mucho miedo.

El mundo era negro. Un abismo sin fondo.

* * *

Claribel había llamado muy temprano desde Texas. Habían detenido a su hermano Ricardo y estaba en un centro de detención. Claribel decía que allí le mantendrían en condiciones lamentables antes de repatriarle a Guatemala. Le habían confiscado el móvil, así que estaba incomunicado. Claribel estaba en contacto esporádico con el abogado. Este estaba desbordado y no siempre se ponía al teléfono. Habían detenido a Ricardo, como a decenas de otros, en el marco de una gran operación. Milagros, que ya estaba en un aeropuerto trabajando cuando recibió la llamada, informó a Claribel que la llamaría tan pronto como aterrizaran en destino, pues tenía que colgar.

Milagros se dirigió entonces a uno de los monitores que funcionaban en la sala de espera, antes de ir hacia el avión, para ver si mencionaban aquellas redadas, sin duda fruto del racismo y de la intolerancia. Sin embargo, se encontró con un programa dedicado a los modelos que había lucido la primera dama en sus últimas apariciones públicas, como un vestido rosa en *tweed* que había llevado en viaje oficial a Tailandia, causando gran sensación, y otras sandeces por el estilo.

Aquel matrimonio era deleznable, sendos emisarios del diablo.

El ojo derecho comenzó a parpadearle, como le pasaba de forma habitual cuando estaba nerviosa. Sintió palpitaciones y mareos, y le costó mantener el equilibrio. Tomó cuatro calmantes antes de dirigirse al avión con sus compañeras. Ya vería las noticias en cuanto pudiera. Se preguntaba si iba a poder hacer algo para ayudar a su hermano.

Le informaron que se haría cargo de una niña que viajaba sola. Era una gringa malcriada. Menuda suerte que había tenido. La niña odiosa llevaba una libreta con la cubierta forrada de fotos de Melania Trump. No pudo reprimirse y le dijo lo que pensaba de aquella mujer fría y venenosa como una serpiente.

No había sido nada profesional, pero tal vez podía considerarse un atenuante saber cuáles eran sus circunstancias.

Además, era evidente que se había pasado con la dosis de los calmantes. Nunca antes había tomado más de una de aquellas píldoras y ese era, además, un medicamento nuevo que le acababan de recetar, tal y como podría corroborar su médico.

Cuando descubrió que la niña llevaba un hámster en la mochila, tuvo un ataque de nervios y perdió el control. No recordaba con exactitud lo que había pasado, pero la niña le había mordido, y el bicho se había salido de la jaula en el espacio diminuto del baño. Sintió pánico, del todo horrorizada, y le obligó a tirar el animal al váter y accionar la cadena.

Tenía fobia a los roedores. Su hermano Ricardo la había atado una vez, siendo todavía una niña, para meterle un ratón blanco por el cuello de la blusa y reírse de su miedo. Tuvo un ataque de ansiedad, antes de desmayarse. Una ansiedad de la que ya nunca iba a liberarse. Cuando había visto el hámster corretear por el suelo a escasos centímetros de sus piernas aquel recuerdo terrible había vuelto a su cabeza. Había creído que se ahogaba.

Tal vez debería haberse quedado en tierra tras recibir la noticia del confinamiento de su hermano, aunque ya era tarde para rectificar. Claribel, la novia de su hermano, estaba embarazada. Su situación era legal pero en aquellos momentos no tenía trabajo.

La abuela de la niña había puesto una denuncia de inmediato contra la compañía área, algo que hizo tan sólo después de llevar a su nieta a la consulta de un psicólogo, quien confirmó que los sucesos habían causado a la niña un trauma enorme. La compañía iba a tener que pagar una gran cantidad de dinero, además de tener que soportar el escándalo y el escarnio.

Entendía que la despidieran y también que se negasen a ofrecerle buenas referencias en cuanto buscara otro trabajo, aunque les imploraba que reconsideraran esto último.

Les suplicaba clemencia.

Estuvo en casa, todos aquellos días, sedada y sin salir a la calle, a la espera de noticias. Oraba, encomendándose a Nuestra Señora del Rosario, patrona de Guatemala.

Pedía perdón a la niña y a su familia, cuya confianza había defraudado, de todo corazón, y se declaraba arrepentida por su comportamiento, derivado de los graves problemas que afectaban a su hermano y a su fobia a los roedores. Esta podría ser considerada irracional, tal vez, hablando en general, pero justificada en su caso particular.

Por fin, deportaron a su hermano, prohibiéndole que intentara volver nunca a los Estados Unidos. Volvió a Chichicastenango, a donde le siguió Claribel, planeando los dos conseguir trabajo como guías turistas, aprovechando su rudimentario conocimiento del inglés. Milagros no tuvo ocasión de verle antes de su marcha.

Poco después consiguió un trabajo de camarera en un *diner* de Brooklyn donde preparaban comida yucateca, como unos tacos de cochinita pibil increíblemente sabrosos.

Abrazar el vacío

Isabel caminaba despacio y mirando al suelo. Se paraba de vez en cuando. Parecía que había perdido algo, pero en realidad sólo intentaba no pisar las líneas que componían las baldosas de la acera. A veces, al reiniciar la marcha, se concentraba también en los dibujos que formaban las sombras de las ramas de los árboles movidas por el viento. No se le escapaba ningún detalle, pero había perdido la habilidad de hacer varias cosas a la vez, o de tener un plan, una visión de conjunto. Las calles, bien pasada la hora de abertura de las tiendas, estaban repletas de gente, e Isabel, absorta en los estímulos visuales que la rodeaban por abajo, tropezó varias veces con distintos transeúntes. Acababa de chocar con un hombre obeso, sudoroso, con el pelo teñido de negro y enfundado en un viejo traje de gruesas rayas, gastado y repleto de lamparones, que caminaba apoyado sobre un bastón de empuñadura plateada. Era un hombre inmenso que tenía malas pulgas.

–¡Serás idiota! Mira por dónde andas –le ladró.

Isabel, agarrada a su bolso como si temiera perderlo, se disculpó ante aquella masa informe y fofa con un susurro incomprensible. La cara de aquel hombre era una papada de varios pliegues detrás de unas gruesas gafas de pasta negra. Un *bulldog* con aires de intelectual.

Isabel, que se había detenido frente aquel muro infranqueable de carne, comenzó a sudar, como si su cuerpo actuara por simpatía. No podía recordar a dónde se dirigía y era incapaz de moverse. Podría haber estado en otro planeta.

—Joder, quítate de en medio —dijo el hombre, apretándole la cintura y apartándola con una de sus manazas.

Tenía la fuerza de un rinoceronte.

Los cristales de las gafas aumentaban sus pupilas como lupas. Era una mirada furibunda.

Isabel se apoyó contra la pared para dejarle pasar. Llevaba sus zapatos de estar por casa, así que habría salido con la intención de estar fuera momentáneamente. Tal vez para comprar algo que necesitaba. Se había tomado libre esa tarde del viernes porque en la farmacia había sentido un ataque terrible de ansiedad. La frecuencia reciente de estos ataques había logrado alarmarla. Por ello había decidido volver a casa y tumbarse en el sofá. Y así lo había hecho, pero ahora se encontraba en la calle, mareada y sudando como en una sauna. Le empezaron a temblar las piernas y estuvo a punto de caerse. Los latidos de su corazón tenían que oírse por toda la calle.

Al rato, se dio cuenta de dónde estaba, tan sólo a varias manzanas de su casa.

Era raro que paseara por allí, donde no era habitual de ninguno de los comercios cuyos escaparates ahora miraba perpleja. Siempre le habían parecido más propios de una pequeña ciudad de provincias.

Sintió que todo el mundo la miraba, como a un payaso torpe y sin gracia, actuando en la pista de un circo decrépito y crepuscular.

Asustada, se apresuró para llegar cuanto antes a casa. Le daba miedo la gente. Ese hombre desagradable la había insultado con voluntad clara de ser hiriente y le había puesto las manos encima.

Una vez ante el espejo del ascensor, más tranquila aunque todavía temblorosa, vio que había salido sin maquillar. Le costaba reconocerse. Veía un espectro pálido y triste. Una zombi. Se preguntó a dónde se dirigía esa zombi en que se había convertido. Quizá ansiaba perderse.

Desde hacía unos días, Mónica intentaba convencerla para que se fueran juntas de viaje. Quizá no sería una mala idea. Irían a algún sitio distante y caluroso del que apenas tuvieran información. Su amiga había sugerido Bolivia, pero a Isabel cualquier vuelo largo le parecía un problema insalvable. No tenía fuerzas para afrontarlo. Ni siquiera viajando en primera.

En casa, después de luchar un buen rato con la cerradura, pues todo le parecía difícil esa noche, se tumbó en el sofá con Ashenden, su *teckel* de pelo duro, y se dejó poseer por la televisión.

Al día siguiente, Isabel se despertó al mediodía. El sol le daba en la cara y al abrir los ojos, debido al resplandor, le pareció como si las sábanas estuvieran envueltas en llamas. Se había dejado las persianas abiertas, y ahora, desde la ventana de su ático, se veía el cielo inmensamente azul.

Ashenden, que dormía siempre pegado a su costado, empezó a mover la cola reclamando su atención, al tiempo que daba grandes bostezos. Isabel, imitando las muecas y los sonidos emitidos por el perro, como hacía cada día, dejó que le lamiera la cara un rato antes de apartarlo y conminarlo a bajarse al suelo.

Le dolía la cabeza. Para dormirse, y poco después de medianoche, había ingerido una buena cantidad de somníferos. Hacía tiempo que mirar la televisión, fuese lo que fuese que programaran, no la ayudaba a conciliar el sueño.

Esperaba a Mónica para comer y tal vez hablar del viaje a tierras lejanas, así que mejor se recuperaba deprisa para poder rebatir todos los argumentos de su amiga.

Rebuscó entre las numerosas cajas de medicamentos que tenía en su mesita de noche y eligió una alargada pastilla celeste. Era el color adecuado para un día como aquel, se dijo, aunque la verdad es que sabía con certeza que ingería un medicamento poderoso que la iba a dejar como nueva, y todo en pocos minutos. A veces, y esto también lo sabía por experiencia, la recuperación anímica venía acompañada de molestas náuseas y diarreas.

Llamaba a estas pastillas *nirvana blues*. Cambiar el nombre de las medicinas hacía que se convirtieran en algo cercano y familiar, algo sobre lo que no había estudiado cuáles eran sus efectos secundarios.

Mónica la visitaba porque Isabel cumplía cuarenta años. No se lo había dicho a nadie, naturalmente, pero Mónica había sido compañera suya en el colegio y lo sabía todo de ella. Era su primera amiga y, aunque en ciertos momentos se habían visto menos, jamás se habían disgustado. Desde siempre las confundían con hermanas. Las dos eran atractivas y de curvas poderosas, con una ligera tendencia al sobrepeso. Ambas tenían el pelo del mismo castaño claro y los ojos marrones y grandes. Su estatura también era semejante, más bien bajitas, y les gustaba la misma ropa, conservadora y elegante. La mayor diferencia entre ellas estaba en su personalidad. Mónica era extrovertida, una mujer hiperactiva e inquieta a la que le gustaban las novedades y las sorpresas. Siempre había sido optimista y cualquiera podría ver que disfrutaba de la vida. Mónica era la más guapa y eso le daba también una innegable seguridad. Isabel era reservada y tímida, pero en sus mejores momentos no carecía de poder de seducción.

Se habían casado más o menos a la misma edad, después de terminar sus estudios, y las dos se habían divorciado al cumplir los treinta y cinco. Ninguna había tenido hijos porque habían elegido triunfar en su profesión. Ninguna de las dos se arrepentía de ello. Mónica era arquitecta e Isabel farmacéutica. Ambas ganaban dinero. Sus maridos no se habían llevado bien, sin que ello llegara nunca a afectar a su relación.

Isabel pensaba que para su amiga la soledad no era un problema, tal vez porque su carrera era brillante. Había firmado un museo de arte contemporáneo en provincias; una estación de bomberos no lejos de allí, por la que había ganado numerosos premios –aunque bromeaba siempre diciendo que hubiera preferido una noche con un bombero en lugar de tanta entrevista para revistas especializadas–; y ahora, a punto de acabar las obras de una biblioteca en Edimburgo, comenzaba a proyectar un teatro en algún lugar del norte de Italia. Hablaba mucho, elaborando hasta el más mínimo detalle todas sus experiencias profesionales, como si diera por hecho que a todo el mundo le parecerían apasionantes, pero también era, e Isabel no se engañaba al pensarlo, la única persona que se preocupaba por ella. Los padres de Isabel habían muerto juntos en un accidente de tráfico años atrás y era hija única. El ex de Isabel, Gerardo, se había ido a vivir a la República Dominicana, donde regentaba un hotel en Punta Cana, con una nativa espectacular mucho más joven y que le había dado ya tres niños que tenía que admitir eran guapísimos. El marido de Mónica, que había sido diputado, estaba en la cárcel por un complicado caso de corrupción posterior a su divorcio y no tenía contacto con él desde la época del juicio.

Mónica llegó a las tres. Llevaba el pelo suelto y recién teñido con reflejos caoba, una falda larga gris marengo y un jersey oscuro de cuello alto. Por encima de estos tonos oscuros destacaban varios collares y pulseras vistosos.

Traía bandejas de papel de aluminio para el almuerzo, que había comprado, como siempre, en un lugar carísimo de comidas preparadas a la vuelta de la esquina, negocio que les salvaba la vida numerosos fines de semana. Isabel, por otra parte, siempre tenía en casa vinos excelentes.

Descorcharon una botella y se pusieron a comer. Ya le había hecho efecto el *nirvana blues*, así que Isabel escuchó con paciencia una historia que tenía que ver con el alcalde de la ciudad italiana donde Mónica construía el teatro, la cual había oído ya numerosas veces, aunque con distintas variaciones. Ahora el énfasis recaía en el escaso gusto para el calzado de la esposa del susodicho alcalde, al que cada vez que mencionaba calificaba de *cretino integrale*. Su mujer, por lo visto, y además de ser una *muca* absoluta, sentía además una notable predilección por los moños, seguramente porque compensaban una gigantesca nariz que Mónica no hubiera deseado ni a su peor enemigo.

–Impresionante de verdad. Una gran desgracia que se ve de muy lejos destruyendo toda perspectiva. Y al acercarte es mucho peor... Es como una chimenea volcánica... Repleta de repugnantes puntos negros.

–Deja a esa mujer tranquila.

–No puedo. Es que ahora viene lo mejor. Para no mirarle el pico bajé la vista. Y, Dios mío, llevaba unas sandalias amarillas y verdes que daban miedo, sobre todo porque tiene tobillos de elefante. Con las uñas pintadas de lila... ¿Te lo puedes creer? Y seguro que eran carísimas... A saber si de Roberto Cavalli... Nada, pero nada que ver, con nuestra admirada Silvana Mangano.

Se acabaron la primera botella deprisa, al igual que un plato enorme de jamón de jabugo. De segundo, tenían costillitas de cabrito rebozadas con champiñones y alcachofas salteadas. Una caja de bombones iba a ser el postre perfecto. Hacía tiempo que habían decidido conjuntamente abandonar cualquier proyecto de dieta.

Isabel acababa de tener una aventura con un cubano algo más joven que ella y que trabajaba de camarero en una céntrica cafetería, *Manhattan*, que ambas amigas frecuentaban desde tiempos inmemoriales. Al principio sólo hubo bromas. Se trataba de un hombre guapo y de cuerpo musculoso, que siempre las miraba de arriba abajo con cara de aprobación. Como ellas le daban pie, poco a poco comenzó a piropearlas. Pronto, además, cada vez que pasaba ante su mesa suspiraba o exclamaba: «Ay, Dios mío, qué calor». Estaba siempre de buen humor y era muy gracioso.

Un día, por fin, les dijo que estaba desconcertado porque no sabía todavía cuál de las dos iba a ser la primera en caer en sus brazos, cosa que a Mónica le pareció una impertinencia y así lo manifestó. Esas palabras causaron un efecto muy diferente en Isabel, quien se había quedado callada, como ida, pero habiendo notado con claridad reveladora que algo la poseía.

Esa noche pensó en la frase de Rubén una y otra vez antes de dormirse. No se le había ocurrido hasta entonces que el cubano pudiera llegar a acostarse con su amiga, quien era no poco promiscua. Eso le sentaría fatal. Decidió atreverse. Iba a actuar antes que quedar desplazada. Al fin y al cabo, Mónica tenía una aventura con un arquitecto que había conocido en Italia.

Así que al día siguiente, aprovechando que Mónica salía de viaje para ver precisamente a su amante, Isabel se fue sola a la cafetería *Manhattan* a última hora de la tarde, poco antes de que Rubén librara. Hacía días que este les había proporcionado información detallada sobre sus horarios con intenciones obvias. Después de pagar el *gin-tonic* que se había tomado en unos pocos tragos largos, Isabel apuntó sus señas en un papel diciéndole a Rubén que allí le esperaría. Este la miró fijamente durante rato. Luego dijo:

—Mira por dónde. Al final va a ser la calladita.

Isabel se sonrojó. Estaba ya excitada.

Le abrió la puerta en camisón. Un camisón transparente que nunca se ponía.

Rubén la poseyó en el recibidor, ignorando ambos los ladridos celosos de Ashenden, que fue testigo de todo.

Desde aquel día se habían visto numerosas veces antes de la hora de cenar. Rubén iba a su casa después del trabajo los días acordados, y pasaba con ella una o dos horas de pasión absoluta. Nunca se había quedado a dormir. Cuando Isabel sugirió que podría hacerlo, él se escabulló alegando excusas varias.

Rubén hablaba mucho pero siempre de cosas intrascendentes. Fumaba sin parar. A Ashenden también le gustaba y le recibía con saltos y ladridos juguetones, moviendo la cola con frenesí.

El sexo nunca había sido para Isabel algo tan gratificante, aunque era cierto que no tenía mucha experiencia. Además, y eso provocaba en ella un efecto extraordinario, Rubén la trataba con enorme cariño, algo tan novedoso como de efecto finalmente devastador. Casi desde el primer día, cuando hacían el amor, y antes de alcanzar juntos el orgasmo, le miraba a los ojos y le decía que la amaba. Luego gemía como un bisonte antes de desplomársele encima, quedándose dormido en esa posición durante unos minutos. Como para que no pudiera escaparse, pensaba Isabel. Nada más despertarse, Rubén volvía a acariciarla y a besarla. Estaba otra vez dispuesto con extraordinaria brevedad.

Mónica, que pronto estuvo al día de todo lo que sucedía entre ellos, le avisó de que no creyera ninguna de sus palabras, pero Isabel ansiaba creerlas. Lo ansiaba con toda su alma. Para ella, desde el comienzo de la historia con Rubén, todo era sensacional, fenomenal, maravilloso... Pronto empezó a soltar disparates sobre el destino y los presentimientos, la entrega absoluta y el sacrificio, la certeza de la existencia de los mismísimos ángeles celestiales o, de forma todavía más preocupante si cabe, sobre la urgencia de organizar transferencias bancarias periódicas a La Habana, necesarias para ayudar a la familia necesitada de aquel hombre que la amaba como nadie antes la había amado.

La pasión inicial se convirtió pronto en delirio rampante y no había nada que Mónica pudiera decir o hacer. Así que le dijo que estaría con ella cuando llegara el inevitable batacazo.

No hubo que esperar mucho.

Una mujer negra con el pelo afro, de pechos y caderas impresionantes, y que dijo llamarse Jacinta y ser la mujer de Rubén, apareció una noche en casa de Isabel cuando esta esperaba la llegada de su amado, poniendo rosas recién cortadas en un florero de cristal de Murano de un verde azulado. Después de presentarse y explicar quién era, Jacinta la llamó puta desgraciada y le dio una bofetada. Isabel se quedó inmovilizada por la sorpresa. La recién llegada, que seguía gritando sin parar, le puso a unos milímetros del rostro una foto de Rubén con sus dos hijos. Ashenden salió en defensa de su dueña, mordiéndole el tobillo a la agresora. Esta le dio una tremenda patada que le lanzó por los aires hasta que se estrelló contra la pared. Se oyó un golpe fuerte y seco. Aullando de dolor, Ashenden se escondió debajo de un mueble. Isabel empujó entonces a la mujer para intentar cerrar la puerta, pero esta le golpeó en la cara con un bolso. Dentro debía de llevar algo muy pesado, tal vez una plancha, porque el impacto fue brutal. Isabel cayó fulminada. Todo le daba vueltas como en una historieta gráfica.

–No vuelvas a acercarte a mi marido y padre de mis hijos, pija putón. La próxima vez es que te mato. A ti y a ese perrucho que parece una rata y que espero tengas vacunado, porque si no es que te denuncio. Zorra más que zorra.

Isabel tenía la vista nublada por la sangre y fue incapaz de levantarse o de reaccionar. Se quedó en el suelo llorando, con la puerta de su casa abierta, durante por lo menos una hora. Ashenden, que había salido de su escondite, se había hecho un ovillo entre sus piernas.

Isabel fue capaz, al menos, de cortar la historia en el acto, dominando la tentación de llamar a Rubén o de volver por la cafetería para verle. Se contuvo con lo que parecía entereza, pero que tenía que ver más con sus conocimientos farmacológicos. Le fue muy fácil pasar de la teoría a la práctica.

El mundo era ahora el mismísimo infierno. Veía las cosas como un buzo bajo el agua.

Mónica le instaba a abandonar toda ayuda artificial, pidiéndole que se enfrentara a la realidad como el resto de los mortales. Isabel sabía, sin embargo, no en vano tenía una farmacia concurrida, que había muchos mortales como ella.

Después de comer se tumbaron cada una en uno de los dos sofás enfrentados del salón de Isabel, con la caja de bombones frente a ellas. Isabel acariciaba a Ashenden acurrucado en su regazo. Mónica, mientras tanto, hablaba y hablaba, yendo de una cuestión a otra, y mirando el reloj de vez en cuando. Mónica le había prometido una sorpresa a modo de regalo de cumpleaños. Eran dos entradas para una obra de teatro que se estrenaba esa misma noche. No quería que se les pasara la hora.

Iban a ver un espectáculo de vanguardia sobre la vida de una mujer, una tal Marina Abramović, que por lo visto era una artista famosa y celebrada, que había sufrido mucho por una historia de amor. Sí, ya sabía que ese era un tema muy sensible en aquellos momentos, pero el director del espectáculo era Robert Wilson, quien según Mónica era uno de los grandes directores de escena contemporáneos. Sus historias además no tenían nada que ver. Mónica había leído que la protagonista, esa artista llamada Marina Abramović, decidió con su pareja, al dar su historia de amor por finalizada, recorrer durante meses, comenzando cada uno desde el extremo opuesto, la totalidad de la Gran Muralla China. Al encontrarse en la mitad del trayecto, después de ese ritual largo y extraño, se despedirían para siempre. Y así lo hicieron. Cuando Isabel empezó a protestar, diciendo que no estaba de humor para semejante historia, Mónica reveló la última parte de la sorpresa. Uno de los actores era Willem Dafoe, quien a Isabel le encantaba. Esta jamás había oído hablar de Marina Abramović, y tampoco le gustaba mucho el teatro. A Isabel le gustaba leer, aunque sin excesos, e ir al cine para ver películas en versión original. Mónica, por otra parte, era una gran consumidora de productos culturales, de exposiciones a conciertos. La idea de ver a un actor americano conocido sobre el escenario, sin embargo, le pareció una idea tentadora.

Poco antes de salir, Isabel se puso un vestido de flores de color verde que le quedaba muy bien, y que era sofisticado pero sin pasarse. A Mónica le pareció un avance que su amiga volviera a preocuparse por su atuendo, pero al entrar en el ascensor se dieron cuenta de que se lo había puesto al revés y tuvieron que volver atrás para ponérselo de forma correcta. Luego se metieron en un taxi.

Desde el mismo principio el espectáculo cautivó a Isabel. Era, desde luego, distinto a todo lo que había visto antes. Le sorprendió en primer lugar el aspecto tan estético de lo que veía: la iluminación, el vestuario, los decorados... La música era directa y emocional, y todas las imágenes parecían provenir del mundo de los sueños. Los ambientes eran oscuros pero animados por luces de colores bellísimas. Los actores se desplazaban con gran lentitud por el escenario, o saltaban y se movían de forma muy expresiva. La narración no era lineal, y aunque todo le parecía extraño, sentía que entendía con precisión todo lo que acontecía. Y ello era, además, importante y verdadero. Se hablaba de la tristeza, de la soledad, de las emociones, de la desesperación, de la memoria y también sobre la posibilidad de la felicidad y la renovación... Todo le provocaba un gran impacto emocional que la removía por dentro y la vaciaba. Se hallaba de alguna forma hipnotizada por lo que sucedía en escena y los descarnados sentimientos que todo ello le estaba causando. Su misma piel le ardía, convertida en algo hipersensible.

Isabel se fue metiendo poco a poco en aquella trama, cada vez más fascinada. La historia de aquella mujer, y salvando todas las distancias, pues en realidad no tenía nada que ver con la suya más allá de la compartida infelicidad causada por el fin del amor, le pareció que era su historia. Y eso que se trataba de una relación más profunda, tenía que reconocer, que la vivida por ella, que ni siquiera había pasado una noche entera con Rubén o sabía dónde diantres estaba su casa. Lo suyo había sido puramente sexual, aunque ella sí le amaba.

En un momento dado, unos personajes vestidos de forma extraña se pusieron a cantar unas melodías de origen balcánico, según informaba el programa. Era una música disonante pero de una belleza primordial que llegaba hasta el fondo del alma.

Y entonces Isabel comenzó a llorar. Era un llanto brutal y desesperado, como si todo lo que había logrado sepultar gracias a los medicamentos, volviera a revelarse, reclamando su cuerpo y su mente y devolviéndola a la devastadora realidad.

La persona que estaba sentada a su lado, un chico joven de unos treinta años, le preguntó si se encontraba bien. Varias personas se habían dado la vuelta desde las filas anteriores para ver de dónde provenían aquellos sonoros llantos.

Mónica estaba consternada en grado sumo. La abrazó por encima del hombro para intentar calmarla, pero su amiga le dio a entender por señas que no quería hablar, ni tampoco irse de allí. Quería seguir contemplando aquel espectáculo que tenía tan poderosa influencia en ella. Afortunadamente, la música en esos momentos lograba camuflar sus espasmos.

Isabel lloraba y lloraba, y todo le resultaba extraño. No estaba triste, sino curiosa e inmensamente feliz. Era una sensación extasiática que luego no iba a ser capaz de describir y que días después intentaría en vano experimentar de nuevo. Se sentía como bajo los efectos de un poderoso medicamento, aunque sabía que el efecto del que se había tomado a las doce, hacía 8 o 9 horas, ya se había diluido por completo con toda seguridad. Toda ella emanaba luz y su consciencia se le salía del cuerpo, extendiéndose de alguna forma por todo el espacio del teatro, e incluso por su exterior. Era como si pudiera traspasar las paredes, y viajar tanto por el cielo como por el interior de los edificios circundantes y la misma tierra bajo sus pies. Sentía estar en comunión con todas las cosas y con todos los seres allí presentes, y al mismo tiempo que su interior era un espacio infinito, oscuro pero luminoso a la vez. Un espacio acogedor y grato.

De alguna forma, abrazaba el vacío.

Eliminaba esa presión que había hecho que todos los días anteriores fueran insoportables.

En el escenario, Marina Abramović estaba ahora tumbada en el tejado de una casa diciendo adiós a muchas cosas, entre ellas a los extremos, a la pureza, a la intimidad o el peligro. Era como si todo fuera ahora más liviano, y también sin duda más verdadero.

Isabel no dudaba tener poderes extraordinarios, y gracias a ellos era más sensible a la humedad, a la temperatura, a todo lo que la rodeaba. Se había convertido en una suerte de membrana por la que traspasaban a gran velocidad sentimientos, visiones e información de toda naturaleza. Lo veía todo desde lo alto, sobre su cabeza, pero también desde el laberinto luminoso de su interior.

Cuando terminó la función, Isabel se sintió feliz. Mónica la miraba preocupada y sin reconocerla.

Una vez en la calle, Isabel le pidió que la dejara sola. Quería irse andando hasta su casa. Necesitaba hacer ejercicio, poseída como estaba por aquella energía nueva, e iba a aprovechar esa temperatura nocturna tan agradable, respirando la fragancia primaveral de los árboles de las calles. No quería hablar, como si temiera que hacerlo fuera a devolverla a su catastrófico estado de ánimo anterior. Quería evitar que lo real le diera la bienvenida.

A Mónica no le parecía muy buena idea dejar sola a su amiga, pero Isabel se comportaba ahora con gran seguridad. Así que la dejó allí sola, enfrente del teatro, que después de todo no estaba lejos de su casa, máximo media hora y eso caminando despacio.

Isabel la había metido en un taxi demostrando autoridad, y sonriendo le dijo que no se preocupara, que ya hablarían por la mañana.

Luego, comenzó a andar, primero con lentitud, pero poco a poco acelerando la marcha. Respiraba de forma rítmica al compás de sus pasos, poseída por esa energía expansiva hasta entonces desconocida.

Toda la ciudad a su alrededor parecía desintegrarse en sombras negras y luces de colores en movimiento. El aire le acariciaba el rostro y se sentía erotizada.

Llegó hasta al parque que se veía desde los balcones de su casa, y se dirigió hacia un bosquecillo de abedules y chopos. No había nadie por ningún lado.

Se sentó en un banco. De nuevo le poseyó el llanto. Sin embargo, no le cabía duda de que era feliz.

Río Muni yeyé

Penélope Trías acababa de graduarse con gran distinción en el Balliol College. Ciencias Económicas. Era una joven bella de facciones clásicas, morena de piel y cabello, y su cuerpo esbelto se correspondía a la perfección al nuevo canon favorecido por la moda de entonces. Era la mayor y única hija de los seis vástagos de una rica familia catalana. Le interesaban la política y la filosofía desde ángulos progresistas, y había disfrutado en Inglaterra, estando inmersa en los más punteros debates teóricos en esas disciplinas. Pero no todo era teoría. Los estudiantes hablaban de la revolución, y en París o San Francisco pasaban cosas que resonaban por todo el mundo. Eran contrarios a la intervención bélica en el Vietnam, escuchaban una música nueva, eléctrica y dionisíaca, y leían a los filósofos militantes de la Escuela de Frankfurt. Penélope, que se identificaba con todo esto, era una gran optimista, y también, a pesar de su inteligencia, una persona inocente.

Acababa de romper con George, a quien había conocido en Oxford. Era hijo de un destacado miembro reaccionario de la Cámara de los Lores. Su familia vivía en una impresionante casa señorial en Wiltshire donde organizaban cazas de zorros. Allí albergaban una buena colección de arte, destacando un conjunto firmado por los maestros de la Escuela de Bolonia. Penélope se había enamorado de George nada más verle. Era pelirrojo y delgado, vestía de forma excéntrica, con sombreros de ala ancha y fulares estampados, y destacaba por su alegre sentido del humor. Su carrera de médico estaba despegando y era una persona genuinamente solidaria, proclive a un entusiasmo razonable y partidaria de promover el cambio social a golpe de leyes.

Penélope, sin embargo, se lo había encontrado en la cama con Matthew, en una posición poco decorosa y chillando «párteme en dos». Se suponía hasta entonces que Matthew era el mejor amigo de su novio. Penélope, que se preguntaba a sí misma si alguna vez lo había sospechado, descubrió que podía ser comprensiva, tal vez porque todavía quería a aquel hombre, que además era un entrañable patoso. Sus planes futuros más inmediatos, habían hablado de boda y de comprar una casa juntos en Shepherd's Bush, quedaban ahora desmantelados. Le aterraba la posibilidad de regresar a Barcelona, una ciudad gris en la distancia, donde viviría en Pedralbes en la casa de sus padres, evitando dar explicaciones, y además sin la libertad de la que había gozado como estudiante.

La vida en España, por muy cómoda que fuera para la élite a la que pertenecía ella, no tenía que ver con la vida que llevaba en Oxford o en Londres, donde pasaba numerosos fines de semana. Días atrás, por ejemplo, y después de asistir a un concierto de Pink Floyd, una nueva banda de música psicodélica que les había entusiasmado, ella y sus amigas acabaron en una fiesta en casa del anticuario Christopher Gibbs, gurú del *Swinging London*, donde habían bailado con Mick Jagger hasta las cinco de la mañana. Les gustaban los ambientes en los que se practicaba el amor libre, se fumaba marihuana y se exigía el poder para la imaginación.

Frances y Penélope habían pernoctado aquella noche en la casa de Lizzy, en Ladbroke Grove. Las tres eran inseparables y durmieron juntas en la misma cama. Cuando se despertaron, sin preocuparse por saber qué hora era, Lizzy llevó una bandeja al dormitorio con tres enormes y humeantes tazones de té. Los sorbieron acostadas, comentando al hacerlo los episodios más destacados de aquella última juerga. A las tres les gustaban los músicos de *rock*, que encarnaban para ellas el perfecto ideal masculino de la época.

Rieron, especulando a cuál de las tres había hecho más caso aquel cantante famoso, que a lo tonto a lo tonto las había besado a todas.

Luego, Lizzy, cuyo largo pelo rubio y liso le llegaba hasta los codos, dijo que iba a conseguirse un gato, que quería negro y brujeril. Era una mujer muy alta, de hombros estrechos y caderas amplias.

Frances, por su parte, reveló que acababa de descubrir una nueva *boutique* sensacional en King's Road, donde se había comprado una minifalda de charol con remaches de licra. Tenía el pelo ensortijado y castaño, un busto rotundo y redondo, además de unas piernas larguísimas hechas para pasearse sobre tacones vertiginosos. Era extrovertida. Le encantaban los perfumes intensos de aromas cítricos y los maquillajes extremados.

Penélope aún no se lo había contado, pues las noticias eran recientes, pero cuando se pusieron a discutir sus planes para el verano, se le ocurrió que aquello tal vez fuera una idea excelente.

Había heredado de su abuela una plantación de cacao en Río Muni, una provincia española de ultramar en el golfo de Guinea. Lizzy, tan pronto como estuvo segura de que no era una broma, fue a consultar un atlas para averiguar dónde estaba. El padre de Penélope le había recomendado que vendiera de inmediato. Las Naciones Unidas presionaban a España para que concediera la independencia al territorio, y se pensaba que faltaba poco para ello. Penélope, aunque los ingresos que producía el cacao en aquellos momentos no eran desdeñables, estaba de acuerdo en vender. Por otra parte, África simbolizaba para ella la aventura y el misterio. El corazón de las tinieblas. Un lugar en donde podía suceder cualquier cosa. Tal vez pudieran, antes de que se desprendiera de la finca, pasar allí juntas un verano distinto y estupendo.

Frances estudiaba antropología y ansiaba viajar a otros continentes. Había estado en Ecuador el año anterior, en un viaje organizado por la universidad, y había disfrutado de cada segundo, aburriéndoles luego con los pormenores del viaje, del que regresó con un verdadero tesoro de estrambóticas joyas étnicas, además del convencimiento de la validez del concepto del «buen salvaje». La idea la entusiasmó de inmediato y se puso a dar rápidas palmaditas brincando de un lado a otro de la habitación.

Lizzy vivía de unas rentas astronómicas, así que siempre estaba disponible. Además, le gustaban los cambios constantes y los veranos calurosos. Los jóvenes viajaban entonces descubriendo paraísos. Se hablaba de lugares como Tánger, Ubud o Kabul. Preguntó si en aquel lugar había playas. Era todo muy emocionante.

La abuela paterna de Penélope, a quien se le había dado su nombre cuando nació, había sentido una notoria debilidad por su nieta, y cuando redactó su testamento, orgullosa conocedora de los primeros éxitos académicos de la joven, decidió premiarla dejándole en herencia la plantación, una masía del siglo XVII en el Ampurdán y un fabuloso collar de diamantes. Aquella mujer independiente y de fuerte personalidad sólo había pasado con su marido algunas cortas temporadas en África, pero tenía en su casa curiosos recuerdos de aquellos viajes, como colmillos de elefante, huevos de avestruz, máscaras y estatuillas. Penélope recordaba haberle oído contar anécdotas curiosas sobre danzas frenéticas frente a hogueras al son de tambores nocturnos, y otras cosas por el estilo.

La mejor amiga de su abuela, Marisa Ermengol de Osona, otra mujer de armas tomar, vivía sola en Guinea desde hacía años, administrando importantes negocios que incluían, además de la producción de cacao, el comercio con algodón, café, madera y metales preciosos. Marisa, que era propietaria de un piso enorme en el paseo de Gracia, viajaba cada año a España en Navidades. Conocía a Penélope desde su más tierna infancia y esta la adoraba, como había adorado a su abuela. Le escribió anunciándole el viaje tan pronto como estuvo organizado.

Se iban sin billete de vuelta.

Aterrizaron en Santa Isabel, en una isla llamada Fernando Poo. El aeropuerto era pequeño, una mera explanada rodeada de palmeras, y los trámites de llegada fueron rápidos y fáciles, a pesar de que sus conocidos les habían hablado de largas esperas y de pesadillas burocráticas.

Llovía a cántaros, el ambiente era húmedo y hacía mucho calor. Las ranas saltaban por todas partes croando con estruendo. Les pareció que el lugar desprendía una enorme melancolía, que contrastaba con su exultante estado de ánimo. Lo observaban todo como quien abre paquetes de regalos.

El centro de la ciudad tenía un marcado ambiente español, con pequeñas iglesias, misiones claretianas, edificios coloniales y amplios cafés, donde los tertulianos jugaban a los naipes, bajo las aspas de los ventiladores, como si tuvieran todo el tiempo del mundo. Las calles eran anchas y sucias, embarradas por las lluvias constantes, lo que compensaban unos árboles magníficos, de troncos retorcidos y copas intricadas, y una flora de ensueño, fragante y multicolor.

Con sus ropas hippiescas, y sus largas melenas, rubia, castaña y morena, las tres chicas llamaban la atención, y los transeúntes les hablaban, preguntándoles si necesitaban ayuda para encontrar algo y ofreciéndose a darles indicaciones. Les pareció, dejando aparte a los nativos, que aquel era un mundo de hombres serios y grises: religiosos, funcionarios y militares.

Antes de partir hacia Río Muni, la parte continental de la Guinea Española, y en donde se encontraba la plantación, hicieron dos excursiones. Una, a una playa cercana, de arena negra, donde se bañaron solas y desnudas hasta la puesta del sol, y otra al Pico de Santa Isabel, la montaña más alta de la isla, un volcán, realmente, desde cuyas laderas se vislumbraban vistas apoteósicas. Por el camino, en ambas ocasiones, se cruzaron con monos, aves de plumajes vistosos y un sinnúmero de mariposas.

Todo les resultaba nuevo, sorprendente y bello, aunque les picaran los insectos, la comida les causara problemas digestivos no siempre leves, o el calor pegajoso les abocara a la pereza y al insomnio.

Por fin, fueron en barco a Bata, una travesía que duró más de la cuenta debido a una fuerte marejada, aunque aquello fue compensado con el avistamiento, al final del trayecto, de una gran manada de delfines. Nunca antes habían tenido consciencia de la abrumadora fuerza de la naturaleza.

Penélope había pensado, en la cubierta del barco, y con los ojos fijos en el horizonte, que sus días con George pertenecían ya a un pasado remoto y fantasmagórico. Hasta entonces, había creído que evitaría en lo posible los contactos con los hombres, pero se daba cuenta ahora de que no había perdido su curiosidad hacia ellos. Los nativos, sin ir más lejos, como los marinos del barco con sus torsos desnudos y cincelados, le parecían atractivos. Le excitaba la forma indisimulada con la que las miraban, desprendiendo al hacerlo una indiscutible energía sexual, que le sugería incluso algo turbador.

Bata les pareció más tranquila que Santa Isabel. Era una ciudad abierta al mar y a sus brisas frescas, por lo que el clima era más agradable. Su hotel estaba frente a la catedral, un edificio nuevo y poco afortunado. También estaba cerca del mercado, donde además de alimentos extraños, como frutas y verduras desconocidas, se vendían también partes de animales salvajes, flores secas y raíces, o polvos orgánicos y minerales, todo destinado, les dijeron cuando preguntaron, para usos rituales mágicos.

Penélope se reunió con un abogado que le había recomendado a su padre, un tal Javier Martínez Gutiérrez, que resultó ser un hombre guapo y fuerte que rezumaba masculinidad. Tenía un gran vozarrón, gastaba poblados bigotes, y se peinaba con la raya en el medio. Era un hombre convencido de llevar la razón, y que veía la vida como una competición constante que exigía triunfos. Sus oficinas, que allí tal vez podían describirse como lujosas, pues eran amplias y en ellas trabajaban muchos empleados, indicaban que las cosas le iban bien, aunque no dejara de quejarse de la incompetencia y pereza de los guineanos. Estaba furioso, por otra parte, con las injerencias extranjeras que se estaban soportando, y consideraba que en cuanto los españoles se fueran, si es que por fin lo hacían, el país se sumiría en el caos más absoluto.

A Javier le gustó Penélope enseguida y se puso a tontear con ella sin disimulo. No podía creerse que llevara una blusa transparente sin sujetador y una falda tan corta que mostraba a la perfección sus muslos soleados. Su pelo suelto y rizado, aquella sucinta ropa novedosa, y el exceso de anillos, pendientes, brazaletes y collares, configuraban a una mujer distinta a las que estaba acostumbrado. Por otra parte, y ese era un factor a tener en cuenta, la chica era un partido excelente. Había hecho las averiguaciones pertinentes antes de citarse con ella.

Le dijo que la ayudaría a vender la plantación, lo que debería de conseguirse sin dificultad, aunque el mercado estaba más tranquilo que de normal, dado el contexto político. Dijo también que visitaría la propiedad en cuanto le fuera posible, tal vez aquel mismo fin de semana. Quería conocerla para poder describirla en detalle a los potenciales compradores, aunque imaginaba que muchos de sus eventuales clientes, propietarios tal vez de otras plantaciones, bien pudieran haber tratado con su señora abuela, y por tanto conocer bien esas tierras con fama de ser tan fértiles. Él mismo no había tenido el placer de conocer a aquella señora, pero sí había estado en la plantación vecina de doña Marisa Ermengol de Osona, así que sabría encontrar el camino con facilidad en cuanto fuera a verlas.

A Penélope, aunque con reticencias, le había atraído aquel hombre, cuya personalidad contrastaba tanto con la de George, de la que recordaba ahora, de forma quizá irremediable, sus aspectos más afeminados.

Al despedirse, quedaron para cenar esa misma noche en el Club de Tenis, donde Javier invitaría a ella y a sus dos amigas, que según dijo ansiaba conocer. Le contó que aquel era el establecimiento más exclusivo de Bata y que esa noche, justamente, actuaba un grupo local de música yeyé, *Los Coco Boys*, que estaba causando furor. El grupo estaba formado por cuatro jóvenes de familias conocidas. Le demostraría que la Guinea Española no estaba del todo desconectada del mundo moderno.

Por la noche, las chicas se vistieron con esmero, favoreciendo estampados ópticos, y dispuestas a divertirse.

Les dieron una buena mesa en el centro del salón. Era evidente que Javier estaba orgullosísimo de estar sentado con aquellas jóvenes, guapas, ricas y glamurosas, que llamaban tanto la atención y venían de Londres. Fumaba ralentizando sus movimientos como para demostrar que estaba acostumbrado a compañías como aquellas. Daba instrucciones constantes a los camareros para que les rellenaran de inmediato las copas, y miraba a las chicas sonriendo sin parar. Tan sólo chapurreaba el inglés, pero Penélope traducía cuando era necesario.

Los Coco Boys tocaron con energía y solvencia una colección de *hits* españoles recientes, con canciones divertidas, como *Chica ye ye* de Conchita Velasco, o bailables, como *Black is Black* de Los Bravos, que había sido un gran éxito internacional. Las chicas, reconociendo aquel tema, se levantaron a bailar, aunque sin lograr convencer a Javier para que les siguiera a la pista. La presencia de las chicas estaba animando el local, y otras personas se sumaron al baile, imitando sus movimientos. Todo el mundo estaba pendiente de ellas, aunque estas no se dieran cuenta de nada, lo que sin duda les adornaba de un encanto todavía mayor.

En un momento dado, en el que Lizzy se fue al baño, detectó allí un poderoso olor a marihuana. Por la pequeña ventana del lavabo vio a dos de los camareros nativos fumando un porro en la parte trasera del edificio. Les pidió con gestos si podían conseguirle algo de aquello que fumaban. Los dos chicos, riendo, le vendieron una bolsita repleta de hierba por unos pocos peniques.

Después de la actuación salieron a los jardines, y los músicos, que eran amigos de Javier, se sentaron con ellas. Las chicas alabaron su actuación y se interesaron por sus proyectos. Los músicos coincidieron que viajar a Londres era su sueño. Afirmaron que estaban al tanto, en lo posible, de la maravillosa música que se gestaba entonces en la ciudad. Lizzy les dijo que las llamaran cuando estuvieran en la ciudad y que les recomendarían las mejores salas de conciertos.

Dos de los chicos, Paco, el cantante, y Eduardo, el batería, acompañaron a Javier y a las chicas al hotel, ya casi de madrugada, después de haberse fumado unos porros bien cargados y bebido más de la cuenta. Acabaron durmiendo en parejas.

Javier logró seducir a Penélope, pero la experiencia, para ella, dejó bastante que desear. Él había llegado al orgasmo pronto, quedándose luego dormido como un tronco y resoplando con estruendo. La había tratado con nula consideración, casi como si ella no hubiera estado presente. La poseyó como si aquello fuera su derecho y ella tuviera que agradecérselo.

Cuando desayunaron todos juntos por la mañana, Penélope estuvo segura de haber metido la pata, aunque Javier no dejara de pavonearse satisfecho, recordando con toda seguridad los acontecimientos de la noche.

Paco y Eduardo se ofrecieron a actuar en su plantación el día que les dijeran, declarando que eran muy diligentes organizando guateques y que conocían a todo el mundo que pudiera considerarse simpático y divertido. Lizzy y Frances estaban contentas, y rieron sin parar, comiendo unas medias papayas dulces y jugosas, rociadas con zumo de lima, aunque Penélope, que conocía bien sus hábitos casquivanos, no creyó que se sintieran obligadas a extender aquella primera aventura nocturna en tierras africanas.

Javier estuvo con ellas hasta que se acomodaron en el *jeep*. Al despedirse intentó besar a Penélope en los labios, pero ella le esquivó de forma instintiva. Él dijo entonces que le gustaban difíciles, lo que a ella le pareció una impertinencia.

Ramón, el capataz de la plantación, y un hombre campechano de edad indeterminada, había ido a buscarlas. Tanto acompañante masculino alrededor de la nueva propietaria y de sus amigas le pareció un punto escandaloso, pero se guardó esa opinión para sí mismo. Era un hombre bajito y divertido, a quien le gustaba ser útil. Una vez de camino, estaban a unas dos horas de la ciudad, no paró de hablar de todo tipo de cosas.

Penélope, admirando aquellos espectaculares paisajes boscosos envueltos en la neblina, conduciendo por pistas de guijarros llenas de baches, pensó que era feliz, lejos de cualquier sentimiento de rutina, obligación y costumbre. Sus amigas sentían lo mismo, algo que notaban sin tener que articularlo. Se miraban de vez en cuando a los ojos y se reían, y aquella era una risa luminosa.

En un momento dado, Ramón detuvo el vehículo, señalándoles una dirección en la espesura. Tras unos instantes de silencio expectante, surgió, entre las ramas de los árboles, la impresionante cabeza de un elefante macho, con colmillos enormes, que les miraba haciendo oscilar la trompa.

Al llegar, la mansión les pareció a las tres un lugar maravilloso. Era una casa de madera de dos plantas, con grandes verandas a ambos lados de la fachada principal. Esta, por otra parte, rematada con un frontón triangular, era de inspiración palladiana, con arcadas de columnas ornamentales. Una gran escalinata interior ascendía al primer piso, donde se encontraban los dormitorios, numerosos y espaciosos, con camas protegidas por mosquiteras. El lugar parecía el escenario novelesco de una historia romántica. Estaba en una pendiente algo elevada, así que cuando la niebla frecuente despejaba, se disfrutaba desde cualquier punto de la casa de vistas fabulosas, incluyendo los meandros serpenteantes de un río caudaloso, en cuyas riberas anidaban centenares de aves acuáticas.

Fueron corriendo de un lado a otro de la casa, que les iba mostrando Isabelita, el ama de llaves y cocinera, quien a pesar de su nombre era grande y obesa. Era la mujer de Ramón. Los dos llevaban muchos años trabajando en la finca, donde habían llegado desde Jerez de la Frontera al poco de casarse. Vivían en una casita a unos centenares de metros de la edificación principal, que también les enseñaron. Habían plantado geranios a un lado de la puerta en recuerdo de su tierra.

Visitaron a caballo la plantación. El cacao cultivado necesita estar a la sombra de otros árboles más altos, como cocoteros o plataneros, que también servían para proteger el área del viento, así que el lugar, al tiempo frondoso y ordenado, parecía una selva diseñada siguiendo un programa racionalista. La cosecha principal tendría lugar en septiembre, por lo que los árboles mostraban, en aquel momento preciso, sus racimos de flores en forma de estrella, blancas, rosadas y púrpuras, en todo su esplendor.

Por la noche, se presentó a cenar Marisa Ermengol de Osona, quien cautivó a las amigas de Penélope de inmediato. Cuando le contaron sus aventuras recientes en el Club de Tenis, Marisa rio con ganas, sin poder creerse que hubieran encontrado por su cuenta marihuana, aunque avisándoles de que aquellas conductas libertinas podían resultar arriesgadas. Aquella sociedad era sumamente conservadora y su sentido de cohesión radicaba en la uniformidad y el respeto incuestionado a las normas.

Conocía a los integrantes de *Los Coco Boys* y a sus familias. La idea del guateque era buena. Podía corroborar que eran buenos chicos. No podía decir lo mismo, sin embargo, del tal Javier Martínez Gutiérrez, a quien consideraba un verdadero energúmeno. Dudaba incluso de que se hubiera licenciado en la Complutense, de lo que él se jactaba todo el rato de forma sospechosa. De hecho, había tenido, tiempo atrás, un problema con él, aunque era mejor no aburrirles con detalles. Ese hombre no era más que un oportunista sin escrúpulos favorecido por el régimen. Le recomendó a Penélope que se consiguiera otro abogado lo antes posible, recomendándole el nombre de un nativo vinculado a un partido independentista, Idea Popular de Guinea Ecuatorial.

Aquel lugar estaba controlado por los militares, les explicó, quienes sólo se preocupaban por explotar a los nativos sin instruirles ni ayudarles a salir de la pobreza, aunque las cosas estaban cambiando deprisa. A nadie debería de sorprenderle que los guineanos quisieran la independencia. Ella no quería irse de allí, pero si la situación cambiaba no hacerlo podría resultar peligroso, sacando a flote odios y resentimiento. Se hablaba ya de listas negras, y de planes masivos de expropiación. Vender lo antes posible era para Penélope la mejor opción, tal y como le iba diciendo todo el mundo, ya que no tenía vínculo emocional alguno con la tierra. Marisa aguantaría hasta el último momento, planeando incluso quedarse allí si eso se convertía en una opción posible.

Marisa las invitó a cenar a su casa al día siguiente. Era todavía más impresionante que la suya. En las paredes se veían cabezas de búfalos y antílopes disecados, incluso la de un rinoceronte, y el suelo estaba cubierto de alfombras hechas con pieles de cebras y de leones. Había dado instrucciones a su cocinero nativo, Bernardo, para que les prepararan varios platos locales, como un pollo con salsa de cacahuete, yuca frita y puré de ñame.

Después de la cena, las chicas le preguntaron cuándo había llegado a Guinea, y por qué había tomado la decisión de instalarse allí. Marisa explicó que todo tenía que ver con un desengaño amoroso pero que habían pasado tantos años que ni ella misma recordaba los pormenores. No quedaban ni siquiera cicatrices. Su gran amor había sido África, se había enamorado de aquel lugar con tal sólo pisar su suelo el día de su llegada.

Marisa tenía una gran relación con el Centro de Adaptación y Experimentación Zoológica, una organización del Ayuntamiento de Barcelona, situado no lejos de sus plantaciones. Desde allí, y una vez aclimatados, se vendían animales al zoo de la ciudad condal, además de a muchos otros de todo el mundo. Un amigo suyo, Jordi Sabater, que trabajaba para el Centro, era un gran estudioso de los primates, liderando expediciones periódicas de investigación frecuentes por toda la zona. Él fue quien había comprado a *Copito de Nieve*, el gorila albino del zoo de Barcelona. Marisa les enseñó una foto suya con aquel animal insólito. Daba la casualidad de que Jordi estaba en Guinea en aquellos momentos, y se le ocurría que bien pudiera organizar para ellas, si el plan les resultaba interesante, una expedición en toda regla a la selva de Ekonoguong y Niabesán, donde podrían contemplar gorilas en libertad. En aquel lugar había también cercopitecos, sitatungas y mandriles. Aquellos mismos nombres de los animales les parecían prodigiosos.

Antes de que se fueran, Marisa volvió a mencionar a Javier, diciendo que cuanto más pensaba en ello más le preocupaba. Así que siguiendo sus consejos, y nada más despertarse al día siguiente, Penélope le escribió para decirle que había cambiado de opinión en cuanto a sus planes para la plantación y que rescindía sus servicios. No era necesario que fuera a visitarles. Acabó la carta dándole las gracias por la estupenda velada que les brindó en Bata y se despidió con un distante atentamente.

Javier leyó la carta y no se dignó a contestarla. Aquella no era más que una chica malcriada, se dijo rabioso. Pero él tendría la última palabra. No soportaba tratar con una mujer si no era para gobernarla. Era la primera vez que se sentía utilizado y aquello no le gustaba nada. Nada en absoluto.

Mientras Marisa y su amigo organizaban la expedición a la selva para observar a los primates, Penélope conoció a Acacio Okomo en su despacho en Bata.

Acacio era un hombre de aspecto tranquilo, contento consigo mismo y un punto vanidoso, manifiesto en el evidente cuidado con el que elegía su ropa. Medía dos metros de altura, sus hombros eran muy anchos, y tenía el cuerpo musculoso. Inspiraba confianza y sabía escuchar. Sus exquisitos modales corteses tenían algo de otra época. Había cursado sus estudios en Madrid y su familia era rica e influyente.

Hablaron cerca de tres horas sin darse cuenta del tiempo que pasaba. Los dos salieron de aquel encuentro sintiéndose capaces de cualquier cosa, satisfechos y optimistas, imbuidos de una nueva fortaleza.

Un día después, Acacio le envió a la plantación una orquídea. Y al día siguiente del envío de la flor se presentó en la casa sin previo aviso. Dijo querer informarle de las gestiones realizadas, aunque resultó evidente que apenas había tenido tiempo de hacer nada. Otra vez, sin embargo, se pusieron a hablar sin parar, como si se conocieran de siempre. Sus dos amigas, notando algo en el tono de sus voces y en sus expresiones corporales, les dejaron solos.

Acacio le dijo, entre muchas otras cosas, que conocía muy bien aquella zona, y que podía servirles de guía para conocerla. No muy lejos, por ejemplo, había unas impresionantes formaciones rocosas. También sabía de otro lugar, algo más lejos y ya en la costa, donde desovaban tortugas marinas. Aquella era la temporada y pronto tendrían luna llena, lo que facilitaría su observación.

Tal y como le había prometido a Penélope, Acacio las acompañó, durante los días siguientes, a visitar distintas aldeas cercanas. Cuando el *jeep* se acercaba a aquellas chozas campo a través, y levantando polvaredas, los niños se les acercaban corriendo. Las chicas les regalaban caramelos, cuadernos y bolígrafos. Las mujeres de las aldeas trabajaban, moliendo grano, cocinando o lavando ropa, mirándolas de hurtadillas. Los hombres, que parecían no hacer nada, sentados a la sombra, les contaban historias de los acontecimientos que consideraban más memorables. Frances tomaba notas y fotografías. Lizzy preguntaba si tenían cosas a la venta, atraída por los tejidos estampados que vestían las mujeres y sus exuberantes joyas, que no era sino vistosas y pesadas baratijas de vidrio.

Fueron también a nadar a distintas playas siempre desiertas. Isabelita les preparaba cestas llenas de pan, carne asada y fruta. Pronto se acostumbraron a un nuevo ritmo de vida lento, en el que el clima, la vegetación y el océano eran las fuerzas que organizaban sus vidas.

Penélope y Acacio se convirtieron en amantes.

Los dos eran conscientes de que aquello conllevaba importantes riesgos, pero se dejaron arrastrar por la fuerza de la pasión.

La piel de Acacio era fresca y tersa, sus ojos profundos y tiernos, y manejaba el cuerpo de la chica como un músico virtuoso maneja su instrumento.

Él se mostraba algo distante después de hacer el amor. Era parco en palabras, pero reaccionaba de inmediato a cualquier solicitud de la chica, dominándola de una forma protectora. Le dijo, con todo, que con ella se sentía vulnerable, y aquello, a Penélope, le pareció una declaración de amor. Ella no quería pensar ni darle nombre a lo que estaba haciendo. No estaban haciendo daño a nadie. Sus amigas inglesas le decían que aquella aventura le permitía conocer el África verdadera y que era afortunada.

Penélope, sin embargo, no le dijo nada a Marisa, suponiendo con acierto que desaprobaría su comportamiento. Sabía que aquello era inaudito, e intuía también que difícil de ocultar en un lugar tan pequeño y donde todo el mundo estaba pendiente de lo que hacían los otros.

Habían empezado viéndose en un pequeño hotel en una playa cercana, donde las chicas, después de haber explorado la zona, decidieron ir a nadar casi a diario. El dueño del hotel, un hombre del Camerún que hablaba el castellano con acento francés, era amigo de Acacio. Allí, el lugar se llamaba Pensión Caracola, les preparaban el almuerzo y tenían habitaciones disponibles para cambiarse y dormir la siesta. Acacio no llegaba nunca al mismo tiempo que ellas, sino que lo hacía a esa hora calurosa, justo después del almuerzo, en la que había menos españoles por las carreteras.

La gente, sin embargo, está siempre dispuesta a las elucubraciones. A alguien le debió de parecer sospechoso que se reunieran siempre allí, que era un sitio extraño, por lo pobre y destartalado, para que fueran a comer y bañarse con tanta frecuencia tres chicas europeas, viéndose además casi a diario con aquel abogado que era un personaje público. Las noticias se extendieron como la pólvora. Eran perfectas para las malas intenciones.

Javier, que no se olvidaba de Penélope, engañándose con pensamientos que le otorgaban todavía la posibilidad de conseguirla, consideró, al enterarse, que aquello era una humillación y un insulto imperdonable.

Se emborrachó varios días seguidos en el Club de Tenis, donde causó varios altercados notables, rompiendo vasos y botellas, sin sacarse el asunto de la cabeza. Era un hombre resentido y envidioso al que le dolía la felicidad de los otros. Penélope, sin embargo, le ponía las cosas en bandeja. Los cotilleos, con todo, no le dejaban dormir y odiaba verse en aquella situación fuera de control. Decidió, por fin, cada vez más turbado y rabioso, presentarse en la plantación y dar una lección a aquella mujer malcriada que tanto le obsesionaba.

Iba a acordarse de él durante toda su vida.

Entró en la casa sin esperar que Ramón volviera a buscarle tras anunciar su llegada. Las chicas estaban cenando a la luz de unas velas.

Despreciando toda norma de cortesía, Javier se sentó a la mesa sin que le invitaran a ello, arrastrando ruidosamente la silla.

Penélope le dijo a Ramón, que intentó detenerle, que podía retirarse.

Javier encendió un cigarrillo aspirando con fuerza. Después, mirando a Penélope a los ojos, le preguntó si la propiedad seguía a la venta, pues él mismo estaba interesado en comprarla, a la plantación y a su dueña, pues era sabido por todos que se acostaba con negros. La gente encontraba sorprendente que no sintiera vergüenza.

Penélope se levantó con lentitud y parsimonia. Con las manos apoyadas sobre la mesa, sin alterarse, le pidió que saliera de inmediato de la casa. Era evidente que sabía dónde estaba la puerta.

Javier estaba furioso porque había esperado verla llorar cuando la insultara, o moverse inquieta, tal vez incluso tambaleándose, pálida o arrebolada. Sin embargo, aquella mujer, que le parecía a la luz de las velas de una belleza sin igual, no demostraba sentimiento alguno. Era fría como un témpano de hielo.

Y era también una loca que se acostaba con nativos, algo de por sí repugnante y antinatural. Además, con un nativo que manifestaba públicamente su oposición al gobierno de España. Nada menos que Acacio Okomo, un exaltado abogado laboralista. Javier decidió que había que acabar con él.

Apagó el cigarrillo en el mantel mirando a Penélope a los ojos. Habló después disfrutando con cada una de sus palabras.

—Supongo que sabes que Acacio está casado con varias mujeres. Te ha engañado con sus modales y su dominio del lenguaje, pero todos ellos sin excepción no son sino salvajes.

Penélope desconocía aquella información, revelada como un latigazo, pero logró disimularlo.

—Te he dicho que te vayas y que no vuelvas nunca. Jamás serás bienvenido en esta casa.

—No te preocupes. Te aseguro que no me gustan las rameras, aunque sean caras y guapas.

Al levantarse tiró la silla al suelo.

Cuando hubo desaparecido, Lizzy y Frances se levantaron para abrazar a su amiga. No habían entendido nada de lo que había dicho aquel hombre ahora tan desagradable, pero sí habían percibido con exactitud su energía malvada.

Pocos días después de aquel incidente, y antes de servirles el desayuno, Isabelita le dijo a Penélope, llorando, que ni ella ni su marido podían seguir trabajando allí, soportando las historias que se contaban de aquella casa. Por amor y respeto a su abuela, esperarían a que encontrara otros empleados antes de marcharse.

Penélope fue a visitar a Marisa, a quien Isabelita ya le había contado todo. La amiga de su abuela las invitó a instalarse en su casa. Dada la gran circulación de rumores, y sobre todo si eran fundados, era mejor que unas chicas tan jóvenes como ellas no estuvieran solas en la plantación. Si aceptaban ir a su casa, estaba segura de poder convencer a Ramón y a Isabelita para que volvieran a hacerse cargo de su trabajo. Penélope aceptó resignada.

Marisa le pidió también que rompiera con Acacio lo antes posible. Habían quedado esa misma tarde en la Pensión Caracola. Penélope llegó una hora antes y fumó un cigarrillo tras otro observando el mar desde la ventana de su habitación. Unos niños, que habían intentado venderle al llegar una estrella de mar, hacían acrobacias sobre la arena.

Le parecía que llevaban años en África y sólo habían pasado seis o siete semanas. Creía que estaba enamorada, pero se preguntaba si alguna vez había considerado la posibilidad de algo serio con aquel hombre. Era realmente imposible y lo sabía desde el principio. Marisa la había llamado frívola y aquello le había dolido.

Cuando Acacio llegó, Penélope le preguntó enseguida por sus mujeres sin poder reprimirse. Él no mostró sorpresa alguna y le contestó que no tenía por qué darle explicaciones. Discutieron, pero acabaron haciendo el amor. Nada parecía ya tener importancia. Penélope se dijo que no quería que la memoria de aquella historia quedara distorsionada por reproches innecesarios.

Mientras fumaban, intuyendo tal vez que no iban a volver a verse nunca, Acacio le contó que tenía a la policía encima y que temía por su vida. Le seguían por todas partes y le habían llegado cartas anónimas con amenazas. Javier era un mamarracho pero podía hacerse oír por personas poderosas. Se iba a ir al Camerún por un tiempo, hasta que las cosas se tranquilizaran. La echaría mucho de menos.

Ella lloraba.

Acacio le lamió las lágrimas que le descendían por la mejilla.

Le mordisqueó un pezón hasta que ella le empujó para apartarle.

Mientras se vestían, Penélope se preguntó si Acacio tendría hijos. En el fondo no sabía nada de él.

Salió sola del hotel, antes de que lo hiciera él, sintiéndose vacía. Dos hombres con gafas oscuras estaban sentados en un *jeep*. Le dio la sensación de que la observaban.

Tras una curva cerrada, vio a unos buitres peleándose por los despojos de un animal muerto en la cuneta, probablemente una cabra.

Después se puso a llover. Una gran tormenta con rayos y relámpagos que le hizo sentirse pequeña e indefensa.

Se puso a llorar otra vez. Pensó que era una idiota.

La piel le picaba como si hubiera estado en contacto con cientos de anémonas urticantes y provocadoras de alergias.

Al día siguiente, cuando debían mudarse a la casa de Marisa, Penélope se despertó sintiendo un extraño olor y oyendo el insistente zumbido de un enjambre de moscas.

La cara estaba desfigurada pero no le costó reconocerle.

La cabeza de Acacio estaba allí, a su lado, encima de una almohada.

Tenía los ojos abiertos. Sin brillo y lechosos.

Ella misma estaba manchada de sangre.

Chilló con todas sus fuerzas antes de perder el conocimiento.

Agradecimientos

Cuatro de los relatos aquí incluidos fueron escritos para publicarse en catálogos de exposiciones. «Allegro risoluto», que se publicó entonces con otro título, en el catálogo de la exposición de Agustí Puig en la Fundació Vila Casas, Barcelona, 2014; «Abrazar el vacío», en el de Marina Abramović en el CAC Málaga, también en 2014; «El oso hormiguero y el Maserati», en la de Javier Arce en el Centro de Arte de Alcobendas en 2017; y «Venus invade la Tierra» para un libro publicado en 2021, sobre la exposición de Douglas Gordon y Tobias Rehberger en el Museu d'Art Contemporani de Ibiza en 2015. Por otra parte, «Crepúsculo en Manhattan» fue publicado, asimismo con otro título, en el número 7 de la revista -normal, Madrid, 2018.

Para la escritura de algunos de los relatos he recurrido a distintos libros. Para «Fritz y los lagartos divinos», sobre todo, *Zarathustra's Secret. The Interior Life of Friedrich Nietzsche*, de Joachim Köhler, en la traducción al inglés de Ronald Taylor (Yale University Press, 2002); además de *Nietzsche's Sister and The Will to Power. A Biography of Elizabeth Förster-Nietzsche*, de Carol Diethe (University of Illinois Press; Urbana, Chicago y Springfield, 2007); *I am Dynamite! A Life of Friedrich Nietzsche*, de Sue Prideaux (Faber & Faber, Londres, 2018); y también los siguientes libros del mismo Friedrich Nietzsche: *Poesía completa,* edición y traducción de Laureano Pérez Latorre (Editorial Trotta, Madrid 1998); *Correspondencia, volumen 4, enero 1880-diciembre 1884,* traducción, introducción, notas y apéndices de Marco Parmeggiani (Editorial Trotta, Madrid, 2010); y *Escritos de Turín, Cartas y notas de la locura (Fragmentos póstumos, 1888)*, edición, traducción y notas de José Luis Puertas (Biblioteca Nueva, Madrid, 2009).

Para «Allegro risoluto»: Charles Rosen, *Beethoven's Piano Sonatas, A Short Companion*, Yale University Press, New Haven y Londres, 2002. Para «El oso hormiguero y el Maserati»: *In Search of Flowers of the Amazon Forest. Diaries of an English artist reveal the beauty of the vanishing rainforests.* Edición de Tony Morrison, con un prólogo de SAR el duque de Edimburgo; Nonesuch Expeditions, Bristol, 1988; y Ruth L. A. Stiff, *The Flowering Amazon. Margaret Mee Paintings from the Royal Botanic Gardens, Kew*, Kew Publishing, Londres, 2004. Para «Venus invade la Tierra», *The Dedalus Book of the 1960s: Turn Off Your Mind*, de Gary Lachman (Dedalus Press, Londres, 2010). Para «El embajador y la corista»: *Gabriele d'Annunzio, Poet, Seducer, and Preacher of War*, de Lucy Hughes-Hallett (Alfred A. Knopf, Nueva York, 2013).

Quisiera también agradecer su apoyo a las siguientes personas: Miquel Barceló, Victoria Civera, Rubén González, Helena Juncosa, José Carlos Llop, Antoni Marí, Andrés Mengs, Joan Roma, Elena Ruiz, Giulietta Speranza, Juan Uslé y Vicky Uslé.

Índice